Hongou & Konoe
「桜の下の欲情」

「俺の絵を欲しがったことを悔やませてやるよ」
鼻先が触れそうなまでに迫った九重の目にまぎれもない情欲と怒りが浮かんでいることを認めて、ぞくりと身体が震えた。(本文P.85より)

Chara

桜の下の欲情

秀 香穂里

キャラ文庫

この作品はフィクションです。
実在の人物・団体・事件などにはいっさい関係ありません。

目次

口絵・本文イラスト／汞りょう

「というわけで、本郷《ほんごう》くんの異動一発目の仕事はイラストコーナーの担当。もちろん、単なるイラストの受け取りだけじゃなくて、当人との打ち合わせやコラムも込みで。オーケー？」

「はい、ですが」

一度は真面目な顔で頷《うなず》いたものの、まったくの未知の世界に踏み込まなければいけない立場としては、どうしても不安が残る。

本郷秀朗《ひであき》は次の言葉を探しながら、落ち着かない感じであたりを見回し、つかの間視線を落とした。今年は、九月に入っても暑さが厳しい。社内の窓のほとんどがブラインドを半分ほど閉じているが、隙間《すきま》から射し込むきらきらとした眩《まぶ》しい光が書類や多くの雑誌で埋もれる机を彩っている。すぐそばにいる、週刊エンタメ雑誌『ブラスト』の副編集長である富田《とみた》の机も、乱雑極まりない。両側に積むだけ積んだ雑誌がいまにも雪崩《なだれ》を起こしそうだ。

「ん、なんか不安がある？」

「不安というか、その……」

本郷よりも七歳年上の富田は温厚な人柄で、外部契約の者たちを含めると百名近くいるブラスト編集者を、他の二人の副編とうまいことまとめ上げている。編集部は三班に分かれ、本郷が配属された班の直属上司が親しみやすそうな眼鏡をかけた富田だったことには感謝している。

大手出版社のメディアフロントに入社してから五年間、本郷は月刊の科学専門誌『フロンティア』に籍を置いていた。けれど、年々部数を下げ続けてきたフロンティアがついに休刊となり、二週間前、まったく畑違いの週刊エンタメ雑誌、ブラストに異動してきたばかりだ。

二十七歳での異動はとくべつ不思議なことではないにしろ、人数の少なかったフロンティア編集部は誰もが自分の専門分野に熱中し、男所帯でもかなり静かな部署だと言われていたほうだった。自然科学に人間力学と深い知識が求められる場所で、本郷は主に宇宙科学について記事を手がけてきた。仕事上、大学の教授や天文台の職員たちに取材することはあったけれど、部署全体が終始ざわめいているブラストはまったく異質な空気を孕《はら》んでいる。

はやりのニュースを新鮮な状態で毎週読者に届ける雑誌の特質か、無数の声がつねに飛び交う緊張感のある現場に、本郷はなかなか慣れることができないでいた。

居心地が悪いと言ったら大人げないし、社会人としてもスキルが低すぎる。とはいえ、こういった不安はひとりで抱え込んでも解決しない。雑誌は大勢の人間が集まってつくるものだからこそ、早めに、上司である富田に不安を打ち明けておいたほうがいいかもしれない。

「すみません。以前いた編集部での仕事とはあまりにも違うので、イラストコーナーが俺に務まるかどうか不安です。お相手は、日本画家界の寵児《ちょうじ》と噂《うわさ》される方ですよね。俺自身が言うのもなんですが、美術界のことに関しては疎い状態です。失礼にあたりませんか」

「いや？　べつに、失礼とは思わないけど。そりゃまあ、絵に対してまるっきり無関心ですってな顔で会いに行ったら九重《このえ》さんも怒るだろうけどさ。仕事用の顔をして、データを頭に叩《たた》き込んで相手を務めることぐらい、本郷くんだってできるだろ?」

「……おっしゃるとおりです」

楽しげに笑う富田が口にしたのは、近代日本画家を代表する、九重鎮之《しげゆき》のことだ。彼の名前やどんな作品を手がけているかということぐらいは、本郷もうっすらと伝え聞いて知っている。ただ、ほんとうに絵には興味がないのだ。九重だけではなく、絵というものに心を揺り動かされたことが一度もないから、仕事だからといえどもまったく関心のない分野を任されることに少なからず不安を覚えてしまう。

「まあ、真面目な科学誌から、うちみたいなゴタゴタした部署に移ってきたばかりじゃとまどうことも多いだろうけど、なにごとも経験、経験。正直なところ、週刊発行のうちの部署で、いまの本郷くんは戦力外なんだよ」

「戦力外、ですか」

率直すぎる言葉に悄然《しょうぜん》と肩を落としたが、富田は苦笑し、「ごめんごめん、言い過ぎた」と顔の前で手を振る。

「悪い意味に取らないでほしい。月刊誌と週刊誌じゃ仕事のやり方や捉え方すべてが違うっていうだけの話。だから、うちの現場に慣れるまで、このイラストコーナーをやってほしいんだ。ゲームメーカーとのタイアップ企画という点でもいろいろ学べるだろうし、掲載も二週間に一度。締め切りに関してもそう慌てないですむと思うよ。美術に疎い点もうまく使えば、大物クラスの九重さんに怖じけずにすむという強みになるかもしれない。やってくれるね？」

上司にここまで言われてしまえば、あとには退けない。

だいたい、赤字続きで休刊に追いやられた雑誌から異動してきたというだけでも、肩身が狭い思いをしているのだ。九重と組むという、ブラストでの初仕事を軌道に乗せなければ、いつまで経っても自分の居場所が見つけられず、周囲ともやりづらくなるのは目に見えている。

——この先も、俺は編集者として仕事を続けていきたい。だったら、いまはなんとしてでも目の前にあるハードルを跳び越えないと。

「わかりました。やらせていただきます」

うっすらと残る惑いを無理やり抑え込んで渋々頷いたところへ、「本郷、いるか？」と声がかかった。振り向くと、部署の入り口に馴染《なじ》み深い顔が立っている。

「小暮《こぐれ》さん、どうしたんですか」

「うん、今夜ちょっと時間が空いたから、飲みに行かないか」

富田と同期の小暮は、休刊してしまったフロンティアの元編集長だ。彼もフロンティア編集部解体後のいまは、文芸書を扱う部署に異動している。気軽な感じで手を振る富田に、小暮も笑って頷く。

「行きます。七時頃には上がれそうですけど、小暮さんはどうですか」

「その頃なら大丈夫。じゃ、またあとで寄るよ」

穏やかな人柄の小暮とは歳が離れていても、互いにドがつくほどの宇宙好きという点で話しやすく、仕事外でもよく一緒に飲んでいた。

その晩も、渋谷《しぶや》中心街から少しはずれたところにある小暮の行きつけの静かなバーに連れていってもらった。

「こうして一緒に飲むのも、フロンティア休刊以来だよな。どうだ、ブラストでの二週間は。少しは慣れたか？」

「いや、もうなにがなんだか。まだ混乱中です。月刊誌と週刊誌とじゃ、あんなに仕事のやり方が違うとは思わなかった。人数もめちゃくちゃ多いですし、正直、毎日テンパってますよ」

入社以来、なんやかんやと面倒を見てくれた小暮の前だと、本音がぽろぽろこぼれてしまう。

「本郷は俺が知っている奴の中でも、貴重なぐらいの真面目人間だからな。ブラストでの居心地の悪さはなんとなく想像できるよ」

くくっと笑う小暮を少し恨めしげな目で見つめ、「からかわないでくださいよ」と呟《つぶや》いたが、自分の長所をひとつ挙げろと言われたら、顔の良さは二の次として、『真面目であること』と即座に答えるだろう。

幼いときから端整な面差しをしていたおかげか、幼稚園時代からバレンタインデーのチョコをもらうほどで、二十七歳になる現在までつき合う女性に困った覚えはないが、恋愛にのめり込むよりも、自分だけの楽しみを見つけて追いかけるほうが好きだった。

友だちの大半が野球にサッカーにと外で駆け回る小学校時代、本郷は図書館に通い詰め、その頃好きだった推理小説のシリーズを読破することに夢中だった。勤勉な蟻《あり》たちの生態にわくわくし、ガラス瓶で飼ってみたのもその頃だ。ふと夜空を見上げたときに遠くで光る星々がいったいどんな歴史を持っているのかと好奇心をかき立てられ、懸命に両親にねだって、望遠鏡を買ってもらい、夜ごとレンズ越しに空を観察するのが楽しみになったのは中学生以降だろうか。

数こそ少ないかもしれないが、自分の中にある抽斗《ひきだし》の中身を充実させたい。それが高じて、大手出版社のメディアフロントが発行する科学専門誌『フロンティア』の編集者という仕事に繋《つな》がっていったのだ。

とはいえ、それも二週間前までの話だが。

「小暮さんのほうはどうなんですか。文芸書も、フロンティアとはずいぶん違うでしょう。やり方の違いに困りませんか?」

「んー、まあそりゃ手間取ることはたくさんあるよ。でもまあ、少しずつ慣らしてるかな。異動もこれが初めてじゃないし、文章を扱うっていう点じゃ、どの部署も一緒だしな」

「そうですけど……」

思わず漏らしたため息の重さに、水割りを啜《すす》っていた小暮が、「どうした?」と顔をのぞき込んでくる。

「ずいぶん深刻そうな顔してるじゃないか。富田からなにか面倒な仕事を持ちかけられたか？」

「いえ、面倒というわけではないです。ただ、俺が今度担当する仕事って、企画込みのイラストコーナーなんですよ。日本画家の九重鎮之って、小暮さん知ってます？」

「そりゃもちろん。俺や富田より二歳上で、美大にいた頃に突然画壇に登場した超弩級《ちょうどきゅう》の画家だからな。たった二歳違いで、あんなにも強い才能を持つひとってのもそうそういないってんで、畑違いの俺たちの間でもずいぶん話題になったよ。確かまだ三十六歳だけど、すでに日本画界の大家だろ。もしかして、本郷が九重先生のイラスト担当者になるのか？」

「そうです。俺にとってはまったくの未見のひとで、気が重くて」

「そうめげるなよ」

　親しい間柄ならではの情けない言葉に、小暮が苦笑している。

「それこそ未知の分野、宇宙について紐解《ひもと》いていくのが、フロンティアでの仕事だっただろ。知らない世界、知らないひとを解き明かすことはほぼ同義だ。大丈夫、フロンティア時代の頃のおまえの真面目さを忘れなければ、九重先生との仕事もちゃんと軌道に乗るって」

「そうだといいんですけど。……いまさらですけど、フロンティアみたいな科学専門誌はもう出せないんですか？」

宇宙に対する憧れが捨てきれないのは、小暮も同じなのだろう。小さくため息をつき、グラスを揺らしている。

「数年は難しいだろうなぁ。雑誌全般の売り上げが落ち込んでいる時代だし、専門誌はとにかく生き残りが難しい。休刊を決断するまでの一年間を振り返ると、俺自身、存続のためにもっとやれることがあったんじゃないかっていまでも思うけど……まあ、でも、流れってものがあるからさ。また、好機が来たら、あの手の雑誌を起こしたい。雑誌という形じゃなくても、単発の書籍として出すことも考えてる。だから、本郷も諦《あきら》めるなよ。どういう形で夢が叶うか、わからないだろ」

「はい」

やんわりと諭されたことで、素直に頷いた。フロンティアを失ってしまったことが悔しいのは自分だけではない。編集長だった小暮の心中はもっと複雑だろう。

前部署への未練は捨てきれないが、ぐずぐず言い続けているだけでは前進できない。

「不満ばかり言ってすみません。気分を切り替えて、なんとかやってみます」

「それがおまえのいいところ。頑張れよ」

バンッと背中を叩く力強い手に、本郷はようやく笑顔を向けた。

気分を切り替えてやってみる、とは言ったものの、九重に対するデータはほとんど持っていない。イラストの企画を持って、彼の自宅へ向かうのは明日だ。とにかく、少しでもいいから九重についての情報を詰め込んでおいたほうがいい。

ほろ酔い加減の小暮と別れてから自宅に戻り、すぐにインターネットで九重のことを検索してみた。現代画家なら、たいていプロフィールや過去の作品、受賞歴などを掲載した個人サイトを持っていることが多いが、「九重鎮之」で検索しても、数多くの記事の中にそれらしいものは見あたらない。九重ほどのクラスにもなれば大手の画廊がバックにつき、宣伝も派手にやっているはずだと思い込んでいたが、違うらしい。

「いまどきサイトも持ってないのか」

肩をすくめたものの、画家や作家のすべてがサイトを持っているわけではないし、と思い直し、九重の名前が引っかかっている記事にざっと目をとおしてみた。

画壇へのデビューは、美大在学中の二十一歳。とすると、すでに十五年も九重は第一線で活躍し、多くの称賛を受けてきたことになる。代表作は画壇デビューのきっかけともなった「桜」のシリーズだ。縦百九十センチ、横幅は三百センチ以上もある和紙に、薄墨だけを使って優美に枝を伸ばす桜を描いた大作シリーズで、一、二年に一度、「桜・宵《よい》」、「桜・蕾《つぼみ》」、「桜・霜」といった副題をつけ、さまざまな季節、さまざまな角度から捉えた桜の絵を発表している。

桜以外も描いているようだが、そちらに関してはさほどマスコミに取り上げられていない。

名前を出せば誰もが知る位置に、十五年いるだけでも並大抵のことじゃないと感嘆する一方で、やはり不安が募る。

デビュー当時から世間の注目を浴びてきた男に、どう立ち向かえばいいのか。

日本画家という肩書きを持った人物と直接会ったことがないだけに、圧倒されるぐらいにあくが強いのか、それとも逆に話の接《つ》ぎ穂に困るような寡黙なタイプなのか、まるで見当がつかない。

結局のところ、顔を合わせてみなければわからないというのがほんとうのところだ。せめて、馴染みやすい相手であることを祈るしかない。

「……やってみるか」

なにごとも経験だと励ましてくれた富田や、真面目さを忘れるなと言ってくれた小暮の言葉を無駄にしたくない。

大量の情報から浮かび上がる九重をあれこれと想像しながら、本郷は長いことパソコンの画面を見据えていた。

「隔週でイラストか。かなり細かい仕事だな」

低い声で呟く九重が眉根を寄せて、深々と煙草を吸い込む。

「そこをなんとかお願いできないでしょうか。九重先生の重厚な日本画を、弊社のゲームでさらに大胆に表現してみたいというのは長年の願いでした。ゲーム発売の一年前からこういう形で雑誌に描いていただくというのは先生にとっても煩雑な作業かと思いますが、やはり、インパクトある宣伝でユーザーの目を惹きたいので……ね、本郷さん？」

脇に座る男がそっと肘《ひじ》でつついてくる。今日、この打ち合わせに同席してくれたゲームメーカー、『ナイトシステム』の広報である瀬木《せぎ》だ。歳下でも、弁の立つ彼が率先して話題づくりに励んでくれていることに遅まきながら気づき、本郷も、「はい」と頷いた。

深みのある緑のソファにふんぞり返る九重とちらりと目が合い、その鋭さに内心たじろいだが、深呼吸して平静を装った。

これから始まる企画を煮詰めるため、本郷は瀬木とともに東京下町《とうきょうしたまち》にある九重の自宅を訪れていた。

「私どもの週刊エンタメ誌『ブラスト』で、九重先生のコーナーを隔週で設けさせていただきたいと思っております。毎回、ゲーム絡みの絵でなくて構いません。先生のお好きなものを描いていただければ幸いです」

「好きなもの、か。簡単に言ってくれるもんだな」

ふっと鼻で笑う男の機嫌を損ねたのだろうか。瀬木も本郷もそろって眉《まゆ》をひそめた。

三十六歳の若さで近代日本画の寵児ともてはやされる画家との仕事は、そう簡単に進みそうにない。

昨晩、彼の情報をチェックしていたときは、馴染みやすい相手であることを願っていたが、やはり現実は厳しい。

繊細かつ、大胆な筆遣いであることは、あらかじめインターネットや彼の画集でチェックして知っていたが、横柄で傲慢《ごうまん》な男だということまではどこにも書いてなかった。

墨の濃淡を複雑に使い分けて描かれた桜の儚《はかな》いイメージに、勝手に騙《だま》されたのだろうか。

――これから一年間も、こういうひとと仕事していくのか。

無意識ながらも、かすかに漏らしたため息が九重に聞こえてしまったらしい。失態を咎《とが》められるかとはっと顔をあげると、案に相違して、九重は目を細めて笑う。獰猛《どうもう》さを孕んだ目に色香が混じり、そういう性癖ではないのに、不覚にもどきりとしてしまう。

Tシャツとジーンズというくだけたスタイルがしっくりはまっている九重の表面だけで判断すれば、いい男というひと言に尽きるだろう。百八十五センチ以上ある逞《たくま》しい体躯《たいく》にラフに崩した黒髪はもちろんだが、とかく印象に残るのは、その視線の強さだ。黙っていれば凄味《すごみ》さえ感じさせる目に射抜かれると、けっして臆病ではない本郷としても喉奥《のど》で言葉がつっかえてしまう。

彼みたいな熱量の強い男とは、下手をすれば真っ向からぶつかってしまう。

うなじが見える程度に切りそろえたヘアスタイルや清潔な感じのするスーツ姿の自分と、リラックスしたムードの九重とでは見た目も雰囲気もまったく違うが、目が合った瞬間、相手が先にそらすのを待つ、という意地の強さが互いに感じられる。

――もっとおとなしい性質のひとだったら、やりやすいのに。

その点、隣に座っている瀬木のほうがよほどつき合いやすい。一緒にいてなにかと話しやすいし、終始笑顔を崩さない。人気ゲームを続々生み出す会社の広報らしく、発色のいい黄色のネクタイが粋だ。

そんな彼に対して、鮮やかな青のネクタイを締めている自分は、もうずいぶん前に別れた女性に、『本郷さんって女の子を大事にしてくれそうに見えるのに、素っ気ないのよね。結局、仕事が大事なんでしょ』とずばり指摘されるような偏りがある。

見た目がよく、女性に対してもそれなりに真摯《しんし》に接するから、次から次に恋人候補は出てくるのだが、編集者という仕事に没頭してしまう本郷に、いつも相手のほうが愛想を尽かして去ってしまう。

はっきり言えば、誰かひとりの女性と手を繋いでこれからどんなデートをしようか、将来はどんな家庭をつくろうかと考えるより、星々や宇宙の始まりについて、そしてどう終わっていくのかを考えるほうが本郷にとっては大事だ。

つき合った女性の数は多くても、最後は我を通してしまうので、恋愛そのものについては淡泊だということなのかもしれない。

骨っぽい雰囲気を持つ九重に群がる女性は、たぶん桁違《けたちが》いのはずだ。多くの極上の女性が近づいてくるのを九重が無造作にあしらう場面を見たことがないのに、なぜか容易に想像できてしまう。

——こんな我の強そうなひとと、ほんとうに一緒に仕事していけるんだろうか。

自分のことは棚に上げて、相手ばかり責めていても仕方がない。

「あの」と腹を据えて切り出したものの、いったいどこから斬《き》り込めばいいのかと困惑していると、品のいい籐《とう》細工のローテーブルを挟んで正面に座っていた九重が立ち上がり、窓を開け放したままの縁側に向かってすたすたと歩いていく。

古びた日本家屋は、九重の住居兼アトリエだ。ずいぶん昔に建てられたのだろうが、きちんと手入れをしてあるらしい。柱も天井もしっかりしたもので、いい色合いに染まっている。

「瀬木さん、ひとまず依頼の趣旨はわかった。あとは直接、担当のこのひとと話をする」

緑が濃い影を落とす庭を眺めながら、九重が言う。否と言うことを許さないような、はっきりした声音だ。

「九重先生がそれでよろしければ、僕はこれで……」

大丈夫か、と目顔で伝えてくる瀬木を引き留めたいが、ここで九重に逆らうわけにもいかない。両膝に置いた拳を軽く開いて閉じ、瀬木に向かって浅く顎《あご》を引いた。

「担当の私が、お話を伺わせていただきます」

決意を滲《にじ》ませた声に、背中を向けたままの九重が小さく笑ったような気がした。
默の重さに耐えかね、ようよう口を開いた。

「……それで、あの、お願いしたいイラストコーナーなんですが」
心配そうな瀬木が何度も振り返りつつ先に帰ってから、ゆうに十分以上経った頃、本郷は沈
黙の重さに耐えかね、ようよう口を開いた。

——さっさと用件をすませたい。

担当と直接話をしたいと言ったのは九重のほうなのに、瀬木が帰ったとたんソファに戻り、
煙草を吸ってばかりでだんまりを貫き、じろじろ眺め回してくる。揺るぎない視線に心の奥底
を暴かれそうで、だんだんと落ち着かなくなってくる。

顔から身体へと舐《な》め回すような視線に、わずかに身じろぎした。初めて顔を合わせるため、
失礼がないように、クリーニングから上がってきたばかりのスーツを着てきた。無意識にネク
タイの結び目に手をやったが、曲がっていない。おかしなところはないはずだ。

依頼する側と、される側。いまの自分は頭を下げてでも、九重の描く絵をもらう立場だ。今
後の日本画界を背負って立つと噂されている人物と、一介の雑誌編集者とでは差がありすぎる。

そのことを意識して、本郷は慎重に話し始めた。

「先ほど、ナイトシステムの瀬木さんからのお話にもあったように、一年後に発売を控えてい

る格闘ゲームのキャラクターデザインを九重先生にお願いしております。私どもの雑誌、プラストでも、ナイトシステムとのタイアップ企画で先生の深みある日本画の世界を是非紹介させていただきたいと思いまして」

できるかぎり丁寧に言ったはずだが、九重は目をすぅっと細める。

「本郷くん、あんた、画家ってどういう仕事か知ってる?」

「は?」

それまでずっと黙っていた男に唐突に切り返され、目を丸くした。

「絵を……お描きになられるんですよね」

「だよな。じゃ、日本画がどんなものか知ってるか?」

笑い混じりの声だが、九重の目は笑っていない。

この言葉には、さすがにからかわれているのか、試されているのだと感じたが、ここでうまく切り返さなければ、編集者としての自分の未来がなくなる。

九重のような独特の威圧感で押してくる人間には、慣れていない。

――一般誌での経験が浅いことを、もう見抜かれているんだろうか。

早くも九重に苦手意識を持ち始めていたが、顔に出すわけにもいかない。

日本画がどんなものか知っているか、というからかいめいた問いかけにも、自分なりに真面目に答えなければ。

日本画と西洋画の違いぐらいは知っている。和紙や絹に墨や岩絵の具を使い、筆で描いていくのが日本画。キャンバスに油彩、パステル、水彩で描いていくのが西洋画だ。しかし、九重が聞いているのはそういうことではないだろう。

美大在学中からその才能の鋭さを認められ、大きな賞をいくつもさらってきた男が、ありふれた子どもっぽい言葉を欲しているのではないことは、なんとなくわかる。

呻吟《しんぎん》した末に、本郷はなんとか答えた。

「日本画とは、和の、心を……伝えていくものじゃないでしょうか」

「ふぅん、そんなに馬鹿でもないか」

初対面の人間に向かって、あっさりと馬鹿と言ってのける九重に、内心呆《あき》れた。若い頃からちやほやされてきただけに、遠慮や謙虚という日本人らしい美徳が備わっていないのだろうか。

——それこそ、日本画に向いてないじゃないか。

むっとした不満は、胸の裡《うち》で呟くだけ。

「それじゃ、もう少し質問するか」

頭のうしろで両手を組む男が時間を経るごとにリラックスしていくのとは対照的に、本郷のほうは身構えてしまう。これまでの社歴を問われるのか、それとも学歴まで掘り下げられるのか。なにを聞かれても動じないと胸を張れるほどの自信はないが、最初から卑屈になるのは嫌だから、見せかけだけでも決然とした顔を取りつくろった。

「本郷くん、歳はいくつなんだ」

「二十七歳です」

「転職経験は？」

「ありません。大学卒業後、いまのメディアフロントに入社しました」

「恋人の数は？」

「え？」

思わぬ問いかけに声が裏返ってしまった。なぜ、ここでプライベートなことを聞かれなければいけないのだろう。

「恋人は何人いるかって聞いてるんだよ」

「何人って……」

普通、恋人はひとりだけというのが常識じゃないだろうか。それなりに女性経験がある本郷でも、軽々しく二股《ふたまた》や三股をかけるのは趣味ではない。それとも、過去の経験数を言えと言っているのか。

どちらにせよ、仕事とはまったくずれた話題だ。会ったばかりのこの男に対して本音をさらすのは屈辱的だが、つまらない嘘《うそ》をつく性分でもない。

——どうせこのひとは、毎日取っ替え引っ替えなんだろう。だから、こんな非常識な質問も出るんだ。

やや好戦的に顎を上げ、本郷は真面目な顔を貫いた。

「以前は恋人がひとりいましたが、いまはいません。仕事をやり遂げたいので」

「見た目以上にお堅いようだな。その顔なら、つき合う相手には困らないだろうに、もったいないことするなよ」

さらっと聞き流したうえに、からかってくる九重にはらわたが煮えくり返る寸前だ。

深く息を吸い込み、冷静になれ、と自分に言い聞かせた。けっして喧嘩っ早い性格ではないのに、九重と話しているとどうも調子が狂う。いきなり、深いところに手を突っ込んでくるような男だ。

「私のプライベートと、九重さんとの仕事は関係ないはずです。仕事の話を進めさせていただけませんか」

「ま、そうだな。そうするか。ところで本郷さんはゲームに興味があるのか？　ナイトシステムのゲームで遊んだことは？」

「そんなに上手ではありませんが、少しだけ。九重さんはいかがですか」

「とりあえず、ひととおりは遊んでる。あそこがつくるゲームは難易度が高いんで、クリアしてないものもあるけどな」

昔から骨太な戦略シミュレーションゲームや、格闘、アクションゲームを多くつくってきたナイトシステムだが、いかんせん地味で、これといったヒットに恵まれずにいた。それが、数年前に他社から引き抜いたトップクリエイター、水嶋弘貴《みずしまひろき》が『ぼくらのおやすみ』という、とある村でのほのぼのとした暮らしを楽しむゲームを生んだことで大ヒットを飛ばし、子どもはもちろん、ゲームに関心が薄かった女性や大人の男性までも引き込み、一時は社会的ブームとまで騒がれたほどだ。最近では『ぼくおや』の実写映画化というプランもあるらしく、さっきまで一緒にいた広報の瀬木も、『ここ数年の苦労が本格的に結実してきた手応えがありますよ』と嬉しそうに語っていた。

そのナイトシステムが、原点に立ち返って格闘ゲームをもう一度つくってみようということになり、キャラクターデザイナーとして白羽の矢を立てたのが、日本画家として名を馳《は》せている九重だ。

正統派の日本画を描いてきた九重が、空手家や力士、キックボクサーにレスラー、テコンドーにフェンシング、武士といった、時代やジャンルを超えた派手なフィクション設定のキャラクターを描くと了承したことには、彼を深く知らない自分でも少なからず驚く。

お抱えのグラフィッカーを使うのが当たり前のナイトシステムにとって、まったくの外部の人間、しかもその世界では年若ながらも、すでに日本画家として独自のスタイルを確立している九重を起用するにあたり、相当気を遣っているようだ。

デビュー直後は精力的に個展を開いてきた九重だが、ここ最近では、一枚の絵にかなりの時間をかけるようになったようだと、昨日のインターネットの記事でちらっと見かけた。また、本の装丁を手がけたり、店の装飾に立ち会ったりすることもあるらしく、彼の生の絵にお目にかかれる機会はずいぶん少なくなったという情報も、昨晩、急遽《きゅうきょ》詰め込んだものだ。

本郷にとって、「絵」というものは好奇心をそそられる対象物ではない。週刊誌の挿絵や広告でちらりと見るぐらいで、いまはやりの絵がどういうタイプなのかということにも興味がないし、絵画展に足を運んだこともたぶん数えるほどだ。

平坦《へいたん》な絵を見るぐらいなら、本を読んでいたほうがずっと楽しい。文字で書かれたものにはちゃんとしたドラマがある。もしくは、漫画かゲームか。しかし、音もなければ動くこともない、単なる「絵」を鑑賞する楽しさはいまいちよくわからない。

「俺の絵がゲームに起用されるとはな。時代も変わったもんだ」

「……もしかして、今回のお仕事にあまり乗り気ではないのでしょうか」

「べつに」

醒《さ》めた口調が少し気に懸かった。

新しい煙草に火を点《つ》ける九重は薄笑いを浮かべているだけで、はっきりと答えない。全体の輪郭は憎たらしいほどにしっかりしているが、どことなく倦《う》んでいる感覚もする。

——仕事の依頼が多くて、疲れているんだろうか。なにか惑う理由でもあるんだろうか？

顔を合わせてから一時間も経っていないのだから、あれこれと詮索《せんさく》するのはよくないと自分を諌《いさ》めた。けれど、精力的なイメージの裏側に、うっすらとした翳《かげ》りが感じられるのは事実だ。

ブラストに来るまでは、画家なんていう肩書きを持った人物に直接会ったことは一度もなかった。無口で、気難しく、取っつきにくい。画家に対して本郷が抱くイメージは偏っていたが、無口という点以外はそのとおりで、九重は相当に気難しく、扱いにくい。

「俺も『ぼくおや』には一時はまったクチだ。だから、今回の件もまあ、悪いとは思っていない。平面に描いた自分の絵がどんなふうに立体化されるのか、興味はある」

「そうですか、それなら」

よかったです、と言う前に、九重がカットの美しいガラス製の灰皿にぽんと煙草の灰を叩き落とす。

「俺の絵を見たことはあるか」

「はい、画集でですが」

絵についてはまったくもって疎いのだが、さすがに口には出せない。彼の代表作とも言うべき、薄墨の桜の絵を褒めておけば無難だろう。彼の画集でも一番最初に取り上げられていたし、連作としていまも描き続けられているようだ。

美術方面には鈍いと自認している本郷でさえ、薄墨の桜が持つ強さはうっすらと感じ取っていた。

「薄墨の桜の絵が、とても素敵でした。桜の持つ美しい強さがかいま見えた気がします。いまでも、あれは描き続けられているテーマなんですよね？」

「まあな」

九重が低く呟くと同時に、煙草を灰皿に叩いていた手が止まった。

いまの言葉でポイントを稼いだのか、そうでないのか、読み切れない。

「九重先生、あの」

しばらく沈黙が続いたことで、不興を買ったのだろうかと案じたが、それを制して九重が再びくわえ煙草で話し出す。

「書籍のカバーや店の壁に絵を描く仕事はやったことがあるが、雑誌で二週にいっぺん、絵を描き下ろすのは初めてだ。一年間、あんた、俺の面倒を見きれるのか？」

「及ばずながら、できるだけのことはさせていただくつもりです」

「優等生な答えだな。あんたさ、さっきから聞いてると、どうも上っ面の誠意しか感じられないんだよな。ブラストみたいな一般誌に慣れてないのか？」

痛いところを突かれて、言葉に窮した。

ここは素直に、「申し訳ございません」と謝るか、それとも笑顔を取りつくろって「そんなことはありません」としのいでみせるか。

だが、あれこれ迷っていること自体が答えになってしまったようで、九重は苦笑している。

「一般誌には不慣れってことか。まあ、そうだろう。気は強そうだが、愛想はない。本郷くんよ、あんた、前はどんなところにいたんだ」

「……科学専門誌です。ご存じないでしょうが、『フロンティア』という雑誌で、先月、休刊しました」

「その本、知ってる」

「ほんとうですか？」

気が強そうだの、愛想がないだの、自分を差し置いて好き勝手なことを言う。あからさまな挑発に思わず構えてしまうが、愛すべき雑誌を「知ってる」と言われて、ついつい身を乗り出してしまった。最終的には三千部という悲惨な数にまで落ちたフロンティアのことを、九重は知っているというのか。

「何度か読んだことがある。自然科学の解明にずいぶん力を入れてた雑誌だよな」

「そうです。ありがとうございます。読んでくださっていたんですね」

「本郷くんは主になにをやってたんだ」

「宇宙科学についての記事を担当していました。とくに、『宇宙の始まりの三分間』のあたりに興味があるんです。凄《すさ》まじいエネルギーが限界寸前まで膨れ上がり、灼熱《しゃくねつ》のビッグバンを引き起こしたと言われています。そのとき、さまざまな素粒子が発生し、やがてだんだんとビッグバンの熱がゆるやかに冷めていく中で、水素やヘリウムといった元素、いまここにあるすべての物質となるものが生まれたんです。でも、俺が興味を持っているのは、もっとその前の出来事なんです」

「その前の出来事？」

一番いいところを聞き返されて、さらに胸が躍った。最近、この手の話題から遠ざかっていたから、知らず知らずに熱がこもってしまう。

「はい。ビッグバン、つまり宇宙ができる前はいったい、どうなっていたのかという点は現在の科学界でも解明されていません。ある説では、物質も空間も、時間もない、『無』の状態だったと言われています。そこになんらかの理由で衝撃が加わり、ビッグバンの引き金になったと言うんですが、その『無』だった状態がどうにもうまく想像できなくて。なんだか宗教がかっていてちょっとおもしろいですよね。この問題に俺、ずっと学生時代から取り憑《つ》かれていて……あの、なにが可笑《おか》しいんですか」

のめり込むように喋《しゃべ》っていたが、ふと気づけば、九重はさも可笑しそうに肩を揺らしていた。

「なんだ、蓋《ふた》を開けてみりゃ単なる星オタか」

「星オタ……」

揶揄《やゆ》めいた声に、嬉しさが一気に吹き飛んだ。

——興味を持ってくれたんじゃないのか。

呆然《ぼうぜん》とする本郷に、短くなった煙草を灰皿にねじ潰《つぶ》す九重は醒めた顔だ。

「自分の興味があることについては、周りの目も無視して延々喋り続ける。でも、それ以外はどうでもいい。あんたにとっちゃ、ナイトシステムのゲームも俺の絵も、問題外もいいところ

「そういう、わけでは」

ない、と言いたいけれど、さすがにばつが悪い。話を聞いてくれているという嬉しさに勝手に浸ってしまったのは、自分のほうだ。

良くも悪くも、この真面目さ、ひたむきな部分を買われて、フロンティア編集部では「宇宙の最初の三分間を語らせたら本郷の右に出る者はなし」と言われてきたのだが、あまりに熱中しすぎる反面、それ以外のことがおろそかになってしまうせいで、ずっと前につき合っていた彼女も逃がしたし、フロンティア休刊後に移ったブラスト編集部でも、自分の居場所を未だに見つけられずにいるのだ。

「結局、付け焼き刃の知識で来てるんだろう。たいした度胸だよな。知識も浅けりゃ、愛想もない。あんたの取り柄はいったいなんだ?」

ぐっと詰め寄られた。九重ほどの逞しい男に眼前をふさがれると、否応なく胸がはやる。薄く透きとおるような、甘くも芯の強いフレグランスが鼻腔《びこう》をくすぐる。

「体裁だけ整えて一年間俺と仕事して、イラストを受け取って出版社に持って帰るだけの運び屋なのか?」

「そういうわけではありません。確かに、知識が浅いことは自覚しています。ですが、俺は俺なりに模索していきたいと思っています」

あんた呼ばわりするうえに、失礼なことばかり言う男に、必死に怒りを堪えたつもりだった。これが仕事じゃなかったら、とうに席を立っていたはずだ。

だが、仕事だから、という点に九重は怯《ひる》みもせず突っ込んできた。

「脱いでみろ」

「……は？」

突然すぎる言葉に目を剝《む》いた。

「脱げって言ったんだよ。編集者としてたいした話題も振れない、でも俺とは仕事をしなきゃいけない。そうだろう？　だったら、枕営業のひとつでもやれよ」

「なんで俺がそんなことを……馬鹿にしないでください！」

皮肉混じりの声に、冷静さを忘れて怒鳴り返した。男に生まれてきて二十七年、枕営業なんてやったこともないし、今後もやるつもりは一切ない。だいたい、編集者という仕事でどうしてそんなものが必要なのか。

「あんたの取り柄はなんだ、と俺はさっき聞いた。あんたは即答できなかった。だったら、どこで勝負する？　なにがあんたの武器だ？　俺の絵と引き換えに、あんたが提供できるものはなんだ？　身体ぐらいしかないだろうが」

直截《ちょくさい》な言葉に驚きすぎて、言い返すことも忘れた。

なにが武器で、他人に提供できるものはなにか。そんなことをあらためて考えたことがあっただろうかと混乱している隙に、九重が一層距離を縮めてくる。

「ッ、……やめてください、なにするんですか！」

とん、と胸のあたりを軽く手のひらで押されただけなのに、あっという間にバランスを崩してソファに倒れ込んでしまった。

さっき、じろじろ見つめてきたのはこういう理由だったのか。一時的な性欲の捌《は》け口にでもするつもりかと思うと、身体中が熱く沸き立つほどの怒りを覚える。

「俺もちょうど暇潰しがしたかったんだ。相手を務めろ」

「なんの相手ですか！　こんなのは俺の仕事じゃない、あなただったらいくらでも他に相手がいるでしょう！」

同性と、しかもこれから仕事を組むという九重に組み敷かれておとなしく黙っていられるか。平静を勢いよくかなぐり捨てて、めちゃくちゃに暴れた。手足を振り回し、一度は九重の頬《ほお》を引っぱたいたが、すぐに手首を強く押さえ込まれ、痛みに呻《うめ》いた。

「……っう……」

ネクタイがよじれるほどにきつく四肢を絡み付けられるのが、悪い夢みたいだ。真っ昼間から、初対面の男の家で押し倒されるなんてどんな陳腐なドラマかとなじりたいが、厚い胸板を押しつけられてだんだんと息苦しくなってくる。

「べつにいいじゃないか。男同士なんだから、身体に傷が残るわけじゃねえし。ちょっとしたお遊びだ」

「……冗談、言わないでください……！」

悪態をつく九重に頭ごと摑《つか》まれ、おもむろにくちづけられた。熱っぽい吐息がくちびるにかかる瞬間、全身が強張った。自分などを慰み者にして、なにが楽しいのか。

――俺が提供できるものはなにもない、九重はそう言いきった。だから、身体を寄こせというのか？　冗談じゃない、こんな破綻《はたん》した男だなんて知らなかった。

叶うならばいますぐにでも九重をはねのけ、ナイトシステムの瀬木と勤め先のメディアフロントに電話して、「担当から降ろしてください」と訴えてやりたい。だが、どんなにもがいても足搔《あが》いても、のしかかってくる男をはねのけることができず、顎を押し上げられて苦しさのあまりくちびるを開いた隙に、ぬるっと舌がすべり込んできた。

「ん、……んっ、……っぁ……」

濡《ぬ》れた熱い感触にびくりと身体をのけぞらせた。舌先をきわどく吸い取られ、神経の末端までがぞわりと蠢《うごめ》くような感覚はこれまでに経験したことがない。女を抱く側にあった自分が、まさか抱かれる側に回るなんて。あまりの展開に瞼《まぶた》を閉じることも忘れて、必死に九重の胸を叩き続けた。

「……画家のくせに、あなたはいつもこんなことをするんですか！」

「能なしを相手にしなきゃいけないときはな」

手加減なしの言葉にカッときて、もう一度九重がくちびるを重ねてきたとき、思いきり歯を突き立ててやった。

「っつ……！」

本郷がまさか反撃してくるとは思わなかったのだろう。九重が驚いた顔で跳ね起きた。きつめに嚙《か》んでやったくちびるが、赤く滲んでいる。

そこを軽く擦り、九重は、「やるじゃないか」と目を眇《すが》めてくる。

「最初から無抵抗なのはおもしろくないからな。あんた、男との経験はあるのか？」

「あるわけないでしょう、どいてくださいよ！」

息を切らして九重の胸を押しやろうとしたが、彼も本郷の懸命の抵抗に火が点いたようだ。今度はもう逃げられないように、がっしりとした身体全体で押さえ込んできた。

「九重、さ……っ」

非難の声は再び九重のくちびるにふさがれて消えた。熱っぽく、官能的とも言えるような肉厚なくちびるが角度を変えて、何度も触れてくる。頑固にくちびるを食いしばっていても、息苦しさと艶《なま》めかしい感触に根負けしてかすかに呻くと、待っていたかのようにするりと舌が挿り込んできて、とろりとした唾液《だえき》を伝わらせてくる。

同性に力ずくで抱きすくめられ、くちづけられるのは、正真正銘、生まれて初めてだ。身震いするほどの嫌悪感を覚えてもいいはずなのに、九重のキスのタイミングが絶妙なせいか、怒りや羞恥《しゅうち》といった感情が混線し、しだいに意識がねっとりとした靄《もや》に覆われていく。

背中を強く叩くたびに、九重が一層深くくちづけてくる。逃げまどう舌を搦《から》めて、甘く、意地悪く吸って、尖《とが》らせた舌先で上顎をくすぐってくる。

——こんなキス、女性ともしたことがない。

しまいには、くちびるが腫れぼったくなるかと思った。口の端を噛まれ、うずうずと疼《うず》く舌の表面を淫《みだ》らに擦り合わせることを強要する男につられ、ぬるむ唾液を無意識にこくりと飲み込む。うなじを支える手のひらが、熱くて骨っぽい。二回、三回と唾液を交わすことを求められ、意識を半分飛ばした状態で応えた。

「……はっ……」

深く息を吸い込んだ瞬間、汗に濡れたシャツがかすかにふわりと浮き、再び胸に貼りつく。些細《ささい》なことだったが、九重の目にも留まったのだろう。間近でにやりと笑う。

その嘲笑《ちょうしょう》に、蕩《とろ》けかけていた理性が一気に沸騰した。

「放してください！」

渾身《こんしん》の力を振り絞って、九重の胸を突き飛ばした。

あれだけ執拗《しつよう》にくちづけてきたくせに、あっさりと九重は身体を放した。こっちの限界を見切っていたのかもしれないと思うと、よけいに腹が立ってくる。

肩で息し、狙い澄ました視線でぎらりと見据えても、九重は薄笑いを浮かべているだけだ。

「男が初めてっていうだけあって、いい反応をするじゃないか」

「馬鹿なこと言わないでください」

急いで乱れたシャツやジャケットをかき合わせて起き上がり、頭に血が上ったまま、ずかずかと玄関に向かった。その間、ずっとくちびるを擦っていた。

こんな場所、もう一分だっていられるものか。

挨拶《あいさつ》もなしに帰ろうとした本郷の背中に、笑い混じりの声が飛んできた。

「キス一回にイラスト一枚でどうだ。楽な取り引きだろ?」

冗談じゃない、誰がこんな馬鹿げた取り引きを受けるというのか。

「……失礼します!」

まだ熱が引かないくちびるを乱暴に擦り、本郷は古めかしい引き戸を叩きつけるようにして九重宅を駆け出た。


二度と九重《このえ》とは顔を合わせるものか。なにがあっても、絶対に。

だが、その固い決意も、一週間も経たないうちに脆《もろ》くも崩れ去った。

「本郷《ほんごう》くん、九重さんのコーナー、進んでる? 一応、入稿は三週間後だけどさ、これが初回だし、ページのラフがどんなものか、編集部としても知りたいんだよ」

「そうですよね」

半袖シャツの裾をひらひらさせながら声をかけてきたブラストの副編集長である富田《とみた》に、本郷は顔を強張らせた。

「あの、いまさらですが」

「なに、どうした？」

異動してきて、遅まきながら痛感しているが、週刊誌の仕事の進め方は月刊誌とまったく違う。三班交替制でつくっていくだけに、先の先を読まねばならないし、新鮮なネタを摑《つか》んできたら早い者勝ちで載せることを競い合う。

それだけに、部署内でも些細《ささい》な衝突は頻繁にあり、こぢんまりとした人数で雑誌をつくってきた本郷にとってはなにもかもが驚きの連続だ。雑誌の内容をどんなものにするか、部署内でそれぞれに案を出し合う会議に初めて出たとき、矢継ぎ早に意見が繰り出され、『そんな古い情報を載せるぐらいなら、こっちが先だ』とか、『そっちのほうはまだ融通が利く。ギリギリまで楽しめそうなこっちの案件を優先しろ』だとか、仲間同士でも互いに頑として譲らず、二時間と予定していた会議が延びに延びて三時間半でようやく終わったときは、ぐったりしてしまった。そのとき、隣にいた富田が可笑《おか》しそうに、『これぐらいで終わるのはまだまだ早いほうだよ。もっとかかるときもあるから、覚悟しておきなよ』と笑っていた。

午後一時過ぎの編集部は、ようやく社員が顔を出し始めたところで、のんびりとした雰囲気だ。細身でフットワークがよく、笑顔が地の富田は、本郷の渋面を気遣い、「どうしたんだよ。なにかあったのか?」と訊《たず》ねてくれる。

――九重のコーナーではなくて、別の企画を担当させてもらえないか。

喉《のど》元まで出かかった言葉を、苦い思いと一緒に無理やり飲み込んだ。

この企画は、本郷が異動してくる前からすでに決まっていたもので、いまさら自分勝手な意見でひっくり返せるはずがないし、もしそうできたとしてもプライドが許さない。

別部署とはいえ、これまで五年間、編集者としての経験を積んできたのだ。九重の企画が昨日今日の思いつきで出されたのではないことぐらい、承知している。

「もしかして、その顔だと、九重さんとうまくいってないとか?」

「そうなんです。恥ずかしながら、まったく嚙《か》み合ってません」

偽りない本音に、富田が吹き出した。

「噂《うわさ》どおり、本郷くんは正直者だね。きみがフロンティアにいた頃に書いた記事は、僕も全部読んでいるよ。真面目で、妥協しない記事構成がとてもよかった。だから、この企画にあてたんだけど」

「そうですか。富田さんのお気持ちはありがたいんですが、九重さんのような方とお話しするのはなにぶん初めてなので、うまくいきません」

「そりゃまあ、いまもっとも人気のある日本画家だから、誰でも緊張するだろう。九重さんへのオファーは山のようにあってどこも蹴《け》られているんだ。その中でも、ナイトシステムとうちの仕事にはどうにかオーケーしてくれたんだ。大変だろうけど、これも経験のうちだよ。楽しむつもりぐらいの心持ちでやってごらんよ」

「はあ……、そうですね」

励ましてくれる富田になんとか応えたいが、曖昧《あいまい》な返事しかできない。

恋人がいるのかどうかというどうでもいいことを突っ込まれた挙げ句、無理やりキスされた衝撃は数日経っても、まだ強く胸の奥で燻《くすぶ》り続けている。

――いくらなんでも、男の俺が枕営業なんてできるわけないだろうが。

抗《あらが》った末に彼の力に屈してしまい、汗ばんだ胸を何度も上下させたときに妙にひんやりしたシャツが貼りついた感触は、いまでも夢に見てうなされるぐらいだ。

あの日の屈辱を思い出し、知らずと顔をしかめ、ぎりぎりと奥歯を噛み締めていたのだろう。富田が、「なに、そんな怖い顔して」と心配そうに眉《まゆ》をひそめる。

「九重さんみたいなひとと仕事しておくと、いい経験になるよ。本郷くんは真面目だけど、いかんせん、ちょっと色気に欠けるからさ。そのへん、九重さんとの仕事で学んでおいで」

「仕事に色気なんか必要ですか?」

聞き捨てならない言葉に食ってかかると、富田は驚いた顔をするが、すぐに口元をほころばせる。

「そういうふうに物事に正面からぶつかるところが、色気に欠けているってこと。べつに悪い意味じゃない。ただ、もうちょっと柔軟性が欲しいんだよ。そのあたりは、良くも悪くも文章にも出るからね」

「文章にも、ですか……」

「科学誌のフロンティアじゃ、正確性を第一にした構成や文章力を要求されたんだろうと思う。でも、うちは一般エンタメ誌だから。男性、女性に幅広く読んでもらえる記事にするためには、ちょっとした遊び心をつねに持つことが大事だよ。九重さんはご存じのとおり、モテる男の代名詞みたいなひとだろう。才能もあるし、容姿も文句なし。仕事になると他人を寄せ付けないらしいけど、プライベートじゃかなり羽目をはずして遊ぶって噂だからさ。きみもチャンスがあったらついていきなよ」

まこと先輩らしい助言に、うさんくさい思いで、「はあ……」と頷《うなず》くのがやっとだ。

羽目をはずすほどの遊び方をする男に付き添って、なにが学べるというのか。

——女のあしらい方か、容易《たやす》い押し倒し方か。そんなものを学ぶのが俺の仕事なのか。

だが、フロンティアとブラストとでは、記事の書き方が違うという言葉が気になる。すでに何度か、試しで原稿を書かせてもらっているのだが、どれもこれも、『切り出し方も構成もイマイチ固いんだよなぁ……』と富田に渋い顔をされている。

ブラスト異動後、意識して他の一般誌にも目をとおしているが、他人の書き方をすぐに真似できるものではない。

状況が一変し、本郷が試行錯誤していることは、富田も知っているはずだ。一から案を練り出せと言うのではなく、すでに枠が組み上がっている九重の企画をやってみろという彼の言い分は、一歩引いて考えればありがたいものだ。一年間という長いスパンだが、力に任せて単発企画をこなすよりも、長期企画のほうが編集部にとけ込みやすいのは確かだ。

新人時代ならいざ知らず、二十代も半ばを過ぎた自分が、意にそぐわない仕事のことでああだこうだと愚痴をこぼすのは恥ずかしい。

──仕方ない。もう一回ちゃんと会って、正常な関係で仕事ができるように九重さんに頼まないと。

「すみません、愚痴ばかり言って。今夜、九重さんのお宅にもう一度伺ってみます」

「了解。よかったら、来週ぐらいには初回のイラストの内容がどんなものか聞かせてよ」

「わかりました」

じゃあ、と明るく立ち去っていく富田の背中に、つい肩を落としてしまった。

──いまここで、嫌だ、できません、と言えたらどんなに楽か。九重という男がどんな奴か、ぶちまけられたらいいのに。

初めて顔を合わせた相手を押し倒し、キスと引き換えに仕事を要求するなんてろくでもない。セクハラもいいところだと言いたいが、自分の身に降りかかった災難だけに、そうそう簡単に真相をばらすわけにもいかない。

九重が遊び好きだということは、業界内での周知の事実らしい。だとすると、男相手にキスするというのも、九重なりのよくあるたちの悪い冗談のひとつかもしれないが、いいように振り回されたことを思い出すとやっぱり腹が立つ。

「……くそ、なんで俺がこんな思いをしなきゃいけないいんだ……」

くちびるをきつく噛んで苛々《いらいら》と仕事を続け、夕方近くになって九重の家に電話を入れてみたが、誰も出ない。呼び出し音を六回数えたところで、一度は電話を置こうとしたが、留守電機能に切り替わるかもしれないと待ってみた。

今日は出かけているのだろうか。誰もいないのだろうか。

——あの広い家を、あのひとが掃除しているんだろうか？

横暴な男がねじりはちまきをしてキャンバスに向かうならともかく、長く続く廊下や障子の桟をいちいち拭《ふ》いているなんて、とても想像できない。

——だったら、誰か女性に頼んでいるか、家政婦を雇っているか。

十回コールしても留守電機能に変わらないことにため息し、諦《あきら》めて受話器を戻そうとしたときだった。ジャケットのポケットに入れていた携帯電話が急に鳴り出し、慌ててしまった。液晶画面を見ると、覚えのない番号だ。

訝《いぶか》しい思いで通話ボタンを押した。

「もしもし……?」

『俺だ、九重だ』

太い声に、心臓がどくんと跳ねる。操作を間違えたふりをして切ってしまえ、と理性をそそのかす声が聞こえるが、少しばかり遅かった。前に会ったときに渡した名刺に携帯電話の番号も記してあったから、それを見て電話してきたのだろう。

『いまから六本木《ろっぽんぎ》で飲む。あんたも来い』

「……どうして私が」

『俺のイラストが欲しいんじゃなかったのか?　いらないっていうなら、このまますぐに電話を切れ』

思わずこめかみに青筋を浮かべ、ガタッと音を立てて席を立った。

どこまでも高飛車な男を罵倒《ばとう》してやりたいという怒りが、もろに顔に出ていたようだ。遅い昼食から編集部に戻ってきた数人の編集者が、「どうしたんだよ」と心配そうに声をかけてくる。その中には、同期入社の伊沢《いざわ》もいた。生え抜きのブラスト編集部員である伊沢は同い年ということもあり、いきなり異動を命じられた本郷を気遣って、なにかと声をかけてくれる。そのことになんとか平常心を取り戻し、なんでもない、というふうにわずかに頭を下げた。

「お供いたします。場所を教えてください」

くくっと笑う声が教えてくれたのは、六本木のはずれ、飯倉片町《いいくらかたまち》にほど近いビルの地下にあるクラブだった。『看板が出てないから、注意しろよ』とありがた迷惑な九重のアドバイスがなければ、見落としていただろう。繁華街からはずれた場所にあるビルは静かで、鉄製の階段を深く下りた場所にバーやクラブがあるとはとても思えない。

ほんのりとしたランプが等間隔に足下を照らす階段を慎重に下り、突き当たりの無骨な扉を押し開けた。黒いスーツに身を固めた男がかしこまった態度で招き入れてくれる。その応対を見ただけで、それなりに格のある店であることがわかろうというものだ。著名人がお忍びで来るタイプの店だ。

「いらっしゃいませ。ご予約のお客様でいらっしゃいますか」

「いえ、先に来ている方を訪ねてきたんですが。九重さんという方です」

言うなり、黒服が口元をほころばせ、「こちらへどうぞ」と案内してくれた。おそるおそる入った地下の店は、思いのほか広々としていた。壁や天井は黒く塗られ、やわらかな色合いのライトがところどころから照らしてくる。

大きな円を描いたフロアの壁に沿って、いくつものベッドが置かれていることにぎょっとしたが、不埒《ふらち》な意味で使うのではなく、ソファに座って飲むよりもくだけた雰囲気を盛り上げるためのセッティングのようだ。ひとつひとつのベッドに薄い紗《しゃ》が幾重も垂れ下がり、中に誰かがいることはかろうじてわかるが、顔までは見えない。紗を透かして、楽しげなくすくす笑いがあちこちから聞こえてくる。

「こちらに九重様がいらっしゃいます」

フロアの一番奥、たぶんＶＩＰ専用のベッドまで案内してくれた黒服が、紗をまくり上げ、「九重様、お連れのお客様がいらっしゃいました」と言うと、「入れてくれ」と艶《つや》のある低い声が響いた。

「……メディアフロントの本郷です」

洗練された店の装いに気圧《けお》されながら紗をくぐると、高いベッドヘッドにもたれた九重が視界のど真ん中に入ってきた。リネンのゆったりしたシャツを身に着け、色褪《あ》せたジーンズを穿《は》いている。裸足の男は堅苦しいスーツを着た本郷と目が合うなり、おもしろそうにくちびるを吊り上げた。

「やっと来たか。こいつがしばらく俺の担当編集なんだ」

「えー、結構イケメンじゃない？　九重さんとはまた違うけど、あたし、好みかも」

「あたしもー」

「あたしはやっぱり九重さんのほうがいいけどなぁ」

「あの……」

「いいから、あんたもベッドに上がれ」

「……はい」

命じられて、仕方なく革靴の紐をゆるめた。

キングサイズのベッドにはモデルのように美しく可愛《かわい》らしい女性が四人もいて、それぞれに九重にぴったり寄り添い、本郷に好奇の目を投げかけてくる。みんな裸足で、きわどいところまで素肌を晒《さら》すのに抵抗がないようだ。どこに目をやっていいのか困るほど、露出度の高いミニスカートやワンピースを着た彼女たちからわずかに離れてなんとかベッドに上がった。

いままでどうやら酒を飲みながら、トランプ遊びに興じていたようだ。カードがあちこちに散らばり、ベッドのそばにはブランデーのボトルとグラスが置かれていた。

「九重先生、あの、私は」

いったいなんの用で呼ばれたのか、と言おうとしたのを、女性のひとりが甲高い笑い声で遮ってきた。

「やっだ、鎮《しげ》ちゃん、先生なんて呼ばれてるんだぁ？」

「だって有名な画家さんだもんね。九重さんに絵を描いてほしいってひと、いっぱいいるんでしょ？　こういうお堅い編集さんも含めて」

「まあな」

女性をはべらせて薄笑いを浮かべる九重は、別世界の人間としか思えない。こんなところで遊んでいるぐらいなら、さっさと家に帰ってイラストを描いてくれと言いたいが、圧倒的な風格を匂わせる男にはなかなか太刀打ちできない。

強い視線をはずさない九重の気迫に負けそうで、うつむきたくなってくるが、そこはなんとか勇気を振り絞った。

——キスされただけじゃないか。あれぐらいで怯《ひる》むな。キスされた事実を認めることも嫌だけど、隙《すき》を見せてつけ込まれるのはもっと嫌だ。

ぐっと睨《にら》み返しているうちに、九重の背後の黒い壁に堂々たる筆遣いで桜の木が描かれていることに気づいた。

銀粉を混ぜてあるのか、ライトを弾いてきらきら薄く輝く特大の桜と、真っ白なシーツを敷いたベッドの中央を傲然《ごうぜん》と占める九重という組み合わせが、まるで一枚の写真のように決まり、目を奪われる。

この桜も、ひょっとして九重が描いたものなのだろうか。

真面目な顔で正座している本郷は、遊び慣れた女性たちにとって可笑しいものに映るようだ。

「本郷さん、だっけ？　こういうお店、慣れてないの？　初めて？」

「正座なんかしちゃってー。足、痺《しび》れるよ。楽にすればいいのに」

「いえ、どうぞお構いなく」

女性たちのからかいめいた声に顔を引き締め、最高級のスプリングを効かせたベッドの上で本郷は居住まいを正した。

「九重先生、お仕事の話でしょうか」

「これから、王様ゲームをやる」

「……王様ゲーム？」

九重が楽しそうに笑うのとは真逆に本郷が眉をひそめたとたん、女性たちが色めき立った。

「やったー！　鎮ちゃんの王様ゲーム、久しぶり！　あたし、絶対勝つ！」

「やだ、勝つのはあたしだからね！」

「ねえねえ、くじ、持ってきて」

紗をめくってウエイターに女性が頼むと、すぐさま細いガラス棒の先に番号が刻まれたくじが洒落《しゃれ》た容器に入って運ばれてきた。この店ではこの手のゲームがよく行われているようで、演出に抜かりがない。

六本のガラス棒を見つめているうちに、戦々恐々としてきた。

仕事の話をしに来たはずなのに、なぜ、こんな場所で王様ゲームなどに巻き込まれているのだろう。

「はいはい、丸く座って。最初は誰からくじを引く？　やっぱ、鎮ちゃん？」

リーダー格の女性が、綺麗《きれい》なロングの黒髪を揺らして九重を振り向く。露出は控え目だが、しっとりした色気があり、王者たる格を持つ九重と並んで座っているのがよく似合う。

その九重が、笑いながらグラスに口をつける。

「せっかくだから、本郷くんが最初に引けよ」

「私が、ですか？　ですが、あの」

そもそも、遊びに来たのではないと言いかけたのに、「はいはい」「はーい、どうぞ」と女性たちの手を辿《たど》り、くじの容器が押しつけられた。

くじのどれかに、「王様」と書かれたものがある。それ以外には、一から始まる番号が順番に振られている。王様を引き当てた者は、参加者たちに好きな命令を出せるという簡単なルールのゲームだが、九重が仕切る場所ではなにが起きるかわからない。

「本郷ちゃん、景気づけに一杯飲んだらどう?」

隣に座るグラマラスな女性が、深い香りのするブランデーをグラスに注いで渡してくれた。いつの間に、本郷ちゃん呼ばわりされる立場になったのだろう。

本来なら、酒を飲んでいる場合ではない。九重との関係を正常なものに戻し、仕事が軌道に乗るように計らわねばと思うのだが、副編の富田が言った『プライベートじゃかなり羽目をはずして遊ぶって噂だからさ。きみもチャンスがあったらついていきなよ』という言葉がよみがえる。

──しょうがない、これも仕事のうちだ。最後まで自分をしっかり保っていれば問題ないはずだ。

幸か不幸か、酒にはかなり強い。ブランデーを半分ほど飲み干したところで、なんとか覚悟が決まった。

「……それでは、引かせていただきます」

「どうぞどうぞ！　本郷ちゃん、強気に王様いっちゃって！」

「だめー！　王様になるのはあたし！」

賑《にぎ》やかに騒ぐ女性たちが見守る中で、くじを引いた。そっと見ると、三番、と刻まれている。王様ではないことに半分がっかりし、半分安堵《あんど》した。

相変わらず、九重はおもしろそうな目で酒を啜《すす》っている。大きなベッドに夜な夜な選び抜かれた女性を呼びつけることに慣れているのか、どうかすると醒《さ》めたような目にも見えるのが引っかかる。

——彼と仕事する相手は、いつもこんなふうに振り回されるんだろうか。いつでもどこでも王様のように我《わ》が儘《まま》に振る舞って、馬鹿騒ぎをして、周囲の人間が媚《こ》びへつらうことを喜ぶんだろうか。

度胸をつけるために、ブランデーをもう少し飲み、「どうぞ」とくじの容器を隣の女性に回した。

「ふふ、今夜こそ絶対に王様になってやるんだ」

「それ、あたしのせりふだってば。はい、鎮ちゃんもどうぞ」

次々にくじを引き、みんなが棒の先端を隠したところで、リーダー格の女性が華やかに声を張り上げた。

「王様、だーれだ！」

「ハーイ！　あたし、あたし、今夜最初の王様でーす！」

本郷の右隣に座っていた女性が両手を挙げて喜んでいる。

「えーとね、なにしてもらおうかなぁ。最初だし、本郷ちゃんもいることだし、ちょっと軽めにしとこうか。……じゃあね、四番のひと、服を一枚脱いで！」

いきなりきたか、と青ざめる本郷の正面で、「四番、俺だ」といきなり九重がシャツをバサリと脱ぎ捨てた。女性たちがいっせいにはしゃぎ、堂々と半裸になった九重を盛り上げる。

「さっすが九重さん！　脱ぎっぷりサイコー！」

「鎮ちゃんって、ホントいい身体してるよねぇ」

「そうか、ありがとよ」

女性の賛辞をさらっと流す九重から、目が離せない。人前でいきなり脱ぐ慎みのなさも凄《すさ》まじいが、いい身体をしているという女性の褒め言葉はけっしておべんちゃらではない。広い胸板に軽く割れた腹筋、褐色の肌が九重という男の野性味をますます強くさせるようで、じわじわと頬《ほお》が熱くなってくる。

あの胸に組み敷かれたのは、ついこの間のことだ。数分にも満たないキスだったけれど、くちびるから伝わってきた熱や弾力は、いまでもはっきり記憶している。

「本郷ちゃん、どしたのー。あ、もうグラス、空？　じゃんじゃん飲んでよ」

いましがた王様になったばかりの女性が、機嫌よくブランデーを注いでくれる。酒に流されたくないと思いながらも、飲まなければやっていられない気分だ。

「はいはーい、じゃあ続けるよー。くじ、引いて」

さっきのように容器が六名の手を回り、「王様、だーれだ！」というかけ声がかかった。

「俺が王様だ」

くわえ煙草の九重が、「王様」と刻まれた棒をちらつかせた。

「えっ、鎮ちゃんなの！　やだやだ、もう早く命令してよ！」

「王様の言うことならなんでも聞く聞く！」

いっせいに女性たちがはしゃぎ出す。

「そうだなぁ、本郷くん、あんた、何番なんだ？」

いきなり名指しされたことでびくりとしたが、ガラス棒を強く摑んで背後に回した。

「教えるわけないじゃないですか」

「そりゃそうだよな」

九重が軽く声を上げて笑った。その笑い方は、ごく自然なものだ。どんな場面でも上から目線で、命令することに慣れている男でも、こういう笑い方をするのかと意表を突かれた気分だ。

——嘲笑《あざわら》うことしかしない気がしていたのに。

「じゃあ、一番と三番が相撲《すもう》を取る」

「マジでー？　色気ないなぁ。でもま、鎮ちゃんの命令ならしょうがないか。あたし、三番なんだけど、一番は誰？」

九重の横のリーダー格の女性が早くも立ち上がっている。呆然《ぼうぜん》とするのは、本郷だ。

黙っていようか、どうにかしてごまかそうかと一瞬考えたが、次々に、「あたし、二番」「あたしは四番」と声が上がったら、逃げたくても逃げられない。

「……あの、俺が、一番です……」

「おっ、あんたが相手か。女相手だからって遠慮するなよ。ミキはこう見えても結構強いからな」

「鎮ちゃんのお言葉どおり。学生時代はレスリング部にいたから、覚悟してよね。はい、立って立って」

腕を摑まれ、ベッドの上で渋々四股《しこ》を踏む羽目になった。

「はっけよーい……、のこったのこった！」

威勢のいいかけ声とともに、ミキと呼ばれる女性が本気でぶつかってくる。女性相手に本気を出すわけにはいかないと思っていたが、強いというのは嘘《うそ》じゃない。すぐに脇を取られ、ベッドを軋《きし》ませて踏ん張ったが、やわらかな胸が押しつけられるのを感じた瞬間、力が抜けて、ひと息に転がされた。

「上手投げで、ミキの勝ちー！」

「本郷ちゃん、男のくせに弱いなあ」

「ミキが強すぎるんだよ」

　みんなにげらげら笑われ、最悪の気分だ。しかも、転んだ先が九重の膝元で、彼の大きな手に肩を摑《つか》まれて抱き起こされたのは、もっと最悪だ。

「ミキのデカイ胸に負けただろ」

「そんなことありません。女性に怪我《けが》をさせるわけにはいかないので」

　精一杯の虚勢を張ったが、九重はまだ笑っている。そのまま隣に座らされ、ゲームが続いた。

「三番が腕立て伏せ二十回！」

「五番が半ケツ見せる！」

「二番のケータイを没収、トイレに水没！」

「うそヤダ！　冗談きっついよ！　昨日買ったばっかの新機種なのにー！」

　どんどん命令が過激になっていく中、今度はミキが王様を引き当てた。白い肌を紅潮させるミキは、間違いなくどこかの事務所に所属しているモデルだろう。透きとおるような肌を上気させ、さっき、本郷をあっという間に転がした細い腕を組んで楽しげに考え込んでいる。

「……じゃあね、五番と六番がベロチューする！」

「うっわ、ついにエロい命令がきたね。誰、誰？」

「俺が五番だ」

　九重がガラス棒を揺らすなり、女性たちが「えーっ！」と悲鳴じみた嬌声《きょうせい》を上げた。

「もー、こんなときに限って四番だよぉー」

「あたしも二番。六番は誰なの？」

「あたしじゃないよ。三番だもん」

騒然とする中で、本郷は、ただもううつむくしかなかった。きつく握り締めたガラス棒がとけてしまいそうだ。

突然、九重が手を摑んできた。

「あんたのくじ、見せてみな」

「ちょ、……ちょっと待ってください、九重さん！」

半裸の男に抱き込まれるような格好で必死にもがいたが、ガラス棒はあっけなく取り上げられた。

「六番は、あんただ」

ガラス棒で鼻先をつつかれ、眩暈《めまい》がしそうだ。

「えーっ、いいなあ、九重さんにベロチューしてもらえるの。本郷さんなんだぁ」

「本郷ちゃん、早く早く！　九重さんとのエロいキス見せて！」

「九重さん、こんなの……っ」

「ゲームだろ。本気にするな。見せつけてやればいい」

不敵に笑う九重にうなじを摑まれたかと思ったら、抗う間もなく、熱いくちびるが強くぶつかってきた。すぐにねっとりした舌が挿し込まれて軽く吸われ、息が浅くなってしまう。

みんなに見られている、ということを意識したくなくて強く瞼《まぶた》を閉じた。

「わー、九重さんのベロチュー、すっごいエロいんだ……」

笑う声がどこか遠くで聞こえるような気がした。酔いも手伝って、この間よりも九重のくちびるの感触を深く感じ取ってしまう。

――見せつけてやればいい。

言葉どおりに、九重のキスは強く熱っぽく、わざと絡み合う舌がみんなに見えるような真似までさせられた。

「……んっ……」

とろっと伝い落ちる唾液《だえき》に身体の奥底で熱がざわめき、理性を保つのが難しくなってくる。両頬を掴んでくる九重の手が熱くてたまらない。舌をくねらせ、絡ませ、甘く意地悪く嚙まれてしまえば、腰のあたりにもやもやとした熱が生まれ始める。

「本郷ちゃんもいい顔するー……」

笑いさざめく声に、蕩《とろ》けかかっていた意識が急に現実に戻ってくる。

「……っ、もう、やめてください！」

力一杯、九重の胸を突き飛ばした。くちびるを重ねていたのはつかの間だが、公衆の面前で辱《はずかし》められたという鋭い思いが、胸を衝き上げる。

「なにをいい気になってるんですか！　俺まで……こんなことに巻き込まないでください！」

「言うなぁ、あんたも。夜遊びのひとつもしないのか？　せっかくのいい顔が台無しだろ。それに、こういうことでもしてないと時間が保たないだろうが」

激昂《げっこう》する本郷に、九重がせせら笑う。ついさっき、自然な笑顔を見せたかと思ったのに、いまはもう冷ややかなものだ。

だが、本郷としても引き下がれない。仕事を盾にして、時間、場所を問わずに気ままに呼ばれることはどうにか我慢できたとしても、見せ物にされるつもりはない。

「いくらあなたが高名な画家だからといっても、俺はあなたと組ませていただくのは今回が初めてです。企画に沿った絵を、俺はまだ一度も拝見していません。依頼を受けてくださったからには、こういう馬鹿騒ぎで茶化さないでください。真面目に仕事してください！」

正論すぎる正論に、誰もが呆気《あっけ》に取られている。場を白けさせただろうかなどと思いやる余裕はまるでなかった。

自分が言っていることは徹頭徹尾、正しいはずだ。九重にとっては夜遊びが息抜きなのかもしれないが、こんなことをやっている暇があるなら、一枚ぐらいまともな絵を描いてみろと言いたくなる。

「真面目に仕事、か。……俺が真面目に絵を描いたら、あんたはそれにふさわしい文章が書けるっていうのか？」

薄笑いから一転、凄味《すごみ》さえ感じさせる九重に、本郷は浅く頷いた。

「努力を尽くします」

「なるほど、わかった。……ちょっとおまえら、今日はもう帰れ」

九重がミキたちに向かってひらひらと手を振る。

「えー、もう？　せっかく盛り上がってたのに」

「まだ遊びたいよー。九重さん、最近あまり遊んでくれないじゃない」

次々に文句が上がったが、九重は「またな」と言うだけだ。

ベッドからぱたぱたと下りていく足音の最後に、ミキがいたずらっぽく笑いかけてきた。

「鎮ちゃん、本郷ちゃんをあんまり苛《いじ》めちゃだめだよ」

「六本木中の男を手玉に取るおまえが言うな」

苦笑いするミキに言い返した九重が煙草に火を点《つ》けたところで紗が下り、がらんとしたベッドはふたりきりになった。

少し前までの賑やかさが嘘のような静けさに、いきり立っていた本郷も少しずつ頭が冷えてきた。

——真面目に仕事してくださいなんて、大口を叩《たた》いてしまった。これで九重さんが気を悪くして『仕事を降りる』って言い出したら、どう責任を取ればいいんだ。

みんなの前で気恥ずかしい思いをさせられたことで思わず鬱憤《うっぷん》をぶちまけてしまったが、目上の、しかも名の通った画家を怒鳴りつけるという暴挙に出た自分のほうが、よほど大人げないのかもしれない。

——でも、おもちゃみたいな扱いを甘んじて受けるつもりはない。いくらゲームだからといって、みんなの前でキスするなんて尋常じゃない。

煙草を吸う九重からわずかに離れたところで、本郷はまだ鼓動の速い胸を押さえ、視線を落としていた。

九重は黙っている。

口を閉ざす九重を見るのは、これで二度目だ。前に家に訪ねたとき、彼の代表作である桜の絵を褒めたときも、彼はなにも言わなかった。

逞《たくま》しい体軀《たいく》の男が頑なに口を閉ざしている状態では、なすすべもない。自分の手には余る、大きな熱の塊を前にしている気分だ。

九重には、あきらかな二面性があるようだった。いまのようにひとり固い殻に閉じこもる一面と、女性たちをはべらせてどうでもいい遊びに騒ぐ一面。

騒ぐか、黙っているか。極端な二択しかない。そのギャップの激しさにまだ慣れていない本郷としては、なにも語らない彼を前に、どうすべきか困惑してしまう。

無理やり引き留められているのではないから、自分もこっそり姿を消してもいいのかもしれないが、九重の態度の落差を目の当たりにしてしまっては帰るに帰れない。

——黙っている彼と、騒いでいる彼と、どっちが本物なんだろう。

凡人には摑みきれないあたりが、日本画界に百年に一度出るか出ないかと呼び声の高い天才画家たるゆえんか。いたずらに触れれば怪我しそうな尖《とが》っている部分と、手が届かない深い窪《くぼ》みの両方を胸の中に抱えているように見える。

——画家っていうのは、みんなこんなふうにエキセントリックなんだろうか。

妙なちぐはぐさ、見たこともない曖昧なバランスが本郷を迷わせ、とまどわせた。こんな人物にはいままでに一度も会ったことがない。

立て膝に頰杖をついて煙草を吸っている九重の背後で、銀色の桜が大きく枝を広げている。

他のモチーフでも九重はさまざまなものを描いているが、やはり印象が強いのは桜のシリーズだ。

互いにずっと黙り続けているのも気詰まりで、ライトを浴びて幻想的に浮かび上がる桜を見つめた。銀色の力強い筆致には、たとえようのない儚《はかな》さも同居している。散り際を描いたらしく、遠くに飛び散る花びらが薄く透けていく絶妙な筆致は、美術に対する造詣が浅い本郷の目にも美しく映る。

「この桜も、九重先生が描かれたものですか」

「ああ。ここのクラブのオーナーとは古いつき合いで、好きに描いていいからって言われたんだ。もう、四、五年前になる」

「どうして、桜の絵をずっとお描きになっているんですか」

「そうだな、惰性と諦めの悪さからか」

自嘲《じちょう》気味な声に、好奇心と疑念が渦巻く。自信家な男の口から、『諦めの悪さ』といううしろ向きな言葉が出るとは思わなかったのだ。

「惰性で、絵が描けるものなんですか」

「描ける。あんただって、たぶんこれまでに何度か惰性で文章を書いてるはずだろ」

穏やかだが、鋭い問いかけに声が詰まった。

言われてみれば、確かにそうかもしれない。

いい加減な文章を書こうなんて思ったことはないが、時間に追われ、――まあこれでいいかと思ってしまった原稿は、過去にいくつかある。

現に、いまもそうじゃないだろうか。

――自分の居場所はここしかないと思っていたフロンティアが休刊になってしまって、まったく毛色の違うブラストに行かされた。まだ、たいした記事を書いているわけじゃないけど、気分はなかなか盛り上がらない。ブラストで俺自身がなにをやっていいか、わからない。書きたい記事の糸口が見つけられないままだ。

九重の企画というきっかけを与えられたけれど、それをどう解釈し、世界観を拡げて自分なりの記事にしていけばいいのか、暗中模索が続いている。第一、九重という男が摑みきれていないのだ。

——もし、俺がもともとこのひとのファンだったら、どうなっていたんだろう。桜の世界にも魅了されていて、彼自身に近づけたことを本気で喜び、自分こそ最新の九重鎮之《しげゆき》を知っていると得意げになっていたかもしれない。

だが、あまりにも夢中になりすぎた記事は、客観性に欠ける危険性も孕《はら》んでいる。フロンティアのように、読者からして科学という部門を追究することを楽しみとしている専門誌ならともかく、ブラストという雑誌での九重の扱いは、すでに九重の才能を認めている根強いファンの他に、名前を聞いたことはあるけれど実体はよくわからない読者、九重の名前も作品も知らない読者のことも視野に入れて記事を書かなければいけない。それが、最新の人気情報を幅広く扱うエンタメ雑誌の役割だ。

だから、互いにちょっと離れて酒を飲んでいるいまの距離感は案外正しいのかもしれない。夢中になりすぎず、かといって、遠く離れた場所から怖々と見守るのでもなく。

大きく広がる銀の桜の枝は美しいが、うつむいて煙草を吸っている九重に重くのしかかるように見えた。

さっき、怒りに任せて怒鳴ってしまったことで、九重に対する畏怖感はありがたいことに半分ほど吹っ飛んだ。彼の立場を考えた以上、失礼な真似はしたくないと思うが、心の底では、対等でありたいとも思っている。

そんな想いが胸の中でゆるやかに渦巻き、ぽつりとした声になった。

「……失礼なことを言ってすみませんでした。俺自身、フロンティアからブラストに移ったばかりで、困惑しています。九重さんのような方と仕事をするのはこれがほんとうに初めてで、あなたとどうつき合えばいいのか、どういう切り口で記事にすればいいのか、まだはっきりとした答えが出ていません」

正直すぎる答えに九重は目を瞠《みは》り、かすかに笑っていたが、本郷は気づかなかった。いま、ここできちんと話しておかなければ気持ちの整理がつかない。

「ですが、担当編集として仕事を組ませていただく以上、黙って頭を下げて原稿を待つだけというわけにはまいりません。週刊発行のブラストで、今後、二週間にいっぺん、九重先生の勢いが感じられるイラストをいただくのが俺の仕事です」

「描けないと言ったら？」

「なんとか描いていただきます」

「俺がどうにもこうにも駄目な状態で、アイデアが浮かばなくて描けないと言っても、あんたには俺の絵をぶんどっていく強さがあるか？　それこそ、惰性で、勢いの〝い〟の字も感じられないような絵だとしても、雑誌の締め切りを優先して俺を追い詰めるだけの力があるか？」

畳みかけるような言葉は喧嘩を売っているようにも聞こえるが、九重の声は静かで落ち着き払っていた。

「……お疲れになってらっしゃるんですか」

「そりゃ、これだけ騒げば疲れるだろ」

素っ気なく言う九重がグラス一杯に酒を注ぎ、立て続けに二杯、三杯と飲み干すのをじっと見つめていた。身体によくない飲み方だと思ったが、止められなかった。

表情を崩さず、九重は強い酒を浴びるようにして飲んでいる。自棄酒《やけ》という言葉がぴったり当てはまるような飲み方だ。

顔を合わせた最初から嗅ぎ取っていた違和感の正体が、少しだけわかったような気がした。

デビュー直後からこれまでずっと、日本画界の寵児《ちょうじ》ともてはやされ駆け抜けてきた九重は、じつのところ、描くことに疲れているんじゃないだろうか。

もともとの持ち味である大作は最近見かけないが、代わりに著名作家の本の装丁や、ゲームのキャラデザインといった依頼を引き受けている。

どの仕事を受け、断るかは、九重が自由に決められるはずだ。時間をかけてじっくり取り組む大作から離れ、センセーショナルな仕事に多く手を出しているのには、なにか理由があるのかもしれないが、いまの九重はそこまですんなりと話してくれそうにもない。

九重の身体がぐらりと傾《かし》ぐ。「大丈夫ですか」と慌てて支えたときには、すでに九重は小さな寝息を立てていた。

「九重さん、……九重さん、寝ちゃったんですか？」

肩を揺さぶったが、深酒のせいで九重の瞼は閉じたままだ。ため息に継ぐため息があふれ出る。九重を追い詰めて雑誌の締め切りに間に合うよう、イラストを奪える力がいまの自分にあるかどうか、定かではない。

——この銀の桜を描いたときの勢いが、いまの九重さんにはないというんだろうか。だとしたら、編集者の俺としてはこれから先、どうつき合っていけばいい？

さまざまな気持ちが入り乱れる中、ウエイターにタクシーを呼んでもらうことにした。常連らしい九重が酔い潰《つぶ》れるのはよくあることらしく、ウエイターはすぐさまタクシーを手配し、半分寝ぼけている男を支え、専用のエレベーターに乗せて地上まで付き添ってくれた。

「お気をつけて。またのご来店をお待ちしております」

深く一礼するウエイターに、本郷も頭を下げた。

タクシーに九重を押し込め、住所を告げてひとり帰らせることもできたが、今夜の感情の起伏の激しさを思い出すと、少し心配だ。

乗りかかった船だ。とにかく彼を自宅まで送り届け、ベッドか布団に寝かせるまでは目を離さないほうがいい。

本郷が告げた住所に向かってタクシーが走る間、九重はずっと身体を預けてくる。自分よりも一回り大きな男が寄りかかってくるのだ。重たい、と言って突き放したいところだが、なぜかそうできない。

俺を追い詰めるだけの力があるか、と聞いてきたときの九重は、本気で酔っていなかったはずだ。声音はあくまでも冷静だった。

――そんなことが、俺にほんとうにできるんだろうか。このひとの根っからのファンでもないなら、ビジネスライクに『描いてください』と言えるかもしれない。宇宙の最初の三分間について熱く語っていたフロンティア時代とは違って、ドライな考え方で仕事をしていくことこそが、ブラストで俺が学ぶべきことなのかもしれない。でも、ほんとうに、そんなことが俺にできるんだろうか？

無防備に身体を預けてくる男の温もりが妙に焦れったいような、鬱陶《うっとう》しいような、不可思議な感覚だ。

タクシーが九重の家の前でゆっくり停まった。

「九重さん、起きてください。ご自宅に着きました」

「……ん……」

強く揺さぶると、九重はなんとか目を覚まし、大きなあくびをしながら車を降りる。金を払い、本郷も急いであとを追った。

玄関の引き戸を開け、上がり框《かまち》で靴を乱暴に脱ぎ捨てて、廊下を二、三歩歩いたところで九重はばたんと倒れ、そのままぐうぐうと眠り込んでしまった。それで慌てるのが本郷だ。

「九重さんってば、こんなところで寝ないでくださいよ！　寝室でちゃんと寝てください」

「いいってもう、うるせえ、面倒……おまえ、帰れ。俺は……ここで寝る」

「駄目ですって。布団で寝てください。寝室、どっちですか」

廊下に突っ伏したままの九重が答えないので、あちこち扉を開けて寝室を探し回った。廊下の一番奥の部屋がそうだった。

引きずるようにして、九重を寝室になんとか押し込んだときにはすっかり息が切れていた。

薄暗い和室の真ん中に寝乱れた布団があった。周囲には、幾枚もの紙が散らばっている。数えきれないほどの紙の中に布団が埋もれているといった具合だ。

九重を布団まで引きずり上げて、ようやくひと息ついた。彼の目立つ容姿だけで判断したら、さっきのクラブにあったような豪奢《ごうしゃ》なベッドが似合う気がするのだが、実際には畳と障子がある、いまどきめずらしい真っ当な和室だ。

蒸し暑い夜なので、冷房のスイッチを探して点けてやると、すぐに涼しい風が流れ出してきて、九重も気持ちよさそうにごろりと寝返りを打つ。熟睡しているらしい。

天衣無縫と言えば聞こえはいいが、なんとも勝手な男だ。おかげでこっちは汗だくだ。

ネクタイをゆるめながら寝室を出て、廊下の電気をひとつだけ点け、台所を探した。彼の自宅に来たのはこれが二度目で、なにがどこにあるのか、よくわかっていない。

本郷自身、今夜はわりと酒を飲んでいたせいもあったし、ミキたちとの騒ぎやその後の九重のスローダウンにつき合ったため、とにかく疲れていた。冷蔵庫を勝手に開けるのはさすがにためらったので、シンクの蛇口をひねり、そばにあったグラスに水を注いで飲み干した。ぬるい水だが、ひとまず渇きは治まる。

九重にも水を持っていこうとグラスを片手に、暗い寝室に戻った。九重の寝息は静かすぎて、死んでるんじゃないかと疑いたくなるほどだ。

「……あれだけ騒いでたんだから、おとなしく寝てくれてるのはありがたいか」

廊下から差し込む薄い灯りで浮かび上がるこんもりとした黒い影に苦笑いした。

ここまで他人に振り回されたのは、ほんとうに初めてだ。

ふと気づいて、彼の周りに散らばった紙の一枚を拾い上げてみた。花のようなものが描かれている。野花のようだ。花びらの形や茎、葉、葉脈といった部分がかなり子細に描かれている。好奇心に煽《あお》られてしゃがみ込み、他の紙も手にしてみた。街並みを描いたものも数枚あるが、ほとんどは四季を彩る花々で、薄く色づけしているのもあった。

繊細な描写と色遣いは生き生きとしていて、女と騒ぎ、飲み、眠りこけている男が描いたものとは到底思えない。しかも、同じような花を徹底して角度を変え、繰り返し繰り返し、何度も描いている。九重の画力が恐ろしく高いことは、このスケッチを見ただけでも一目瞭然だ。

いったい、何枚あるのかわからないラフスケッチを呆然と眺め回した。百や二百じゃきかないほどのスケッチを無造作に描き散らしても、まだ飽き足りない九重の絵に対する情熱の深さをまざまざと感じて、怖いような、それでいて強く引きずられていくような、いままでに一度も味わったことのない感覚の中で、本郷は立ち尽くしていた。

さっきの店に描かれていた銀の桜も見事だったが、忙しい日常でひとびとが見過ごしてしまうような小さな花々の可憐さ、清楚《せいそ》さをありのままに描き残すところに、九重の才能の原点を見たような気がする。

——これを一冊にまとめるだけでも、貴重なスケッチブックとして売れるだろうに。

しかし、九重にはきっと、その気はないのだろう。ほとばしるままに描く。だから、こんなにも乱雑に放置しているのだ。

とりあえず、枕元や足下に散らばったスケッチを九重が蹴飛ばさないよう、きちんとまとめた。それでもまだ両手に抱えきれないほどのスケッチが散乱している。

絵に埋もれて眠る男は、どんな夢を見ているのだろう。

九重の寝顔を少し見つめてから、そっと足音を忍ばせて寝室を出た。広いこの家のどこか一室が、彼のアトリエになっていると聞いている。了承も得ずに仕事場に入ることを良心が咎《とが》めるが、見てみたい、という欲求には勝てない。寝室がこんな状態ならば、アトリエはもっとすごいはずだ。

台所、風呂場、応接室とあちこちの扉を開けてうろうろした挙げ句、玄関脇の殺風景な扉を開くなり、息を呑んだ。

板張りの簡素な部屋は、ゆうに車が二台以上入るほどの大きさだ。奥に作業机があり、壁には大小のキャンバスが立てかけられている。それよりもなによりも、外灯がほんのりと差し込む部屋で本郷の目を奪ったのは、床一面に拡げられた和紙だ。

大きな枝をしなやかに伸ばした満開の桜が、かすかな風でいまにも花びらを散らそうとしている。

なんと豊かで、なんと美しい光景なのか。春の到来を告げる風の息吹や、陽射しの眩《まぶ》しさまで感じさせる九重の凄味ある実力に息をするのも忘れて見入った。クラブにあった銀の桜よりも、もっと雄大で、健やかだ。

だが、あきらかに描きかけであることは一目でわかった。九重の特徴である墨が入っておらず、下書きの段階だ。彼の代表作のシリーズの最新作だろうが、ずいぶんと長いこと放ったらかしになっているようだ。注意深くひざまずき、和紙の表面に目をこらすと、うっすらとした埃《ほこり》が積もっている。

——クラブで、疲れているのか、と聞いたとき、彼は否定しなかった。大作を描き続ける気力を失ってしまったんだろうか。

これが実際に仕上がったら、どんなに素晴らしいだろうかと夢想してしまう。絵にはまったく興味がなかったはずの自分でさえ、完成版を見てみたいという想いに駆られる。それだけの力が、この絵にはある。

いまはまだやわらかな鉛筆だけでおおまかなアウトラインしか描かれていない桜だが、濃淡を使い分けた墨で彩られたとき、この絵は永遠の命を宿す。そんな気がする。

——完成したら、間違いなく九重さんの最高傑作になるはずなのに、どうして描きかけなんだ？　まさか、スランプに陥っているとでもいうのか？

寝室に戻ると、九重はまだ絵に埋もれて寝ていた。それこそ、豪勢に散った桜の花びらのど真ん中で眠っているようだった。紙のサイズはまちまちで、スケッチ用のきちんとした紙もあるが、裏が白紙のチラシに絵を描いているものもある。描ける隙間があれば手当たり次第に描いているようだ。積み重なった絵をもう一度手に取ってみると、日付が入っている。そのことに気づいて周辺の絵を一枚一枚確かめてみると、古いもので四、五年前、一番新しいものは一昨日の日付だ。

クラブの壁に桜を描いたのが、やはり四、五年前だ。それ以降、どうやら九重は大作から遠ざかっているらしい。代わりに本の装丁やゲームのキャラデザインといった外注仕事を受けている。

情熱の赴くままに描くことに疲れたのだろうか。

アトリエの桜も描きかけだった。なぜなのか。飽きた、と言われたらそれまでだろう。あれだけの大きな和紙に描ききるのは並大抵の体力では務まらない。疲れた、という彼の言い分も当たっているかもしれない。

でも、と本郷は何枚ものラフスケッチを静かにめくった。

「……才能が枯渇したわけじゃない……」

もしも、心の底から絵を描くことを嫌悪していたなら、一昨日の日付のスケッチがあるはずがないのだ。

――大きな世界から、小さな世界へ閉じ籠《こ》もっている。なぜだ?

九重の心境の変化が知りたい。そう考えていた矢先に九重が寝返りを打って、眠そうな目を擦る。それから、本郷の手元をじろりと睨み、「勝手に見るな」と機嫌悪そうにスケッチの束を取り上げてきた。

「すみません。九重先生がクラブで寝てしまったものだから、ご自宅まで送り届けて、それで、たまたま絵を拝見して……」

「たいした絵じゃない」

寝起きだからか、九重の声は素っ気ない。それがやけに胸に突き刺さり、「でも」と本郷はまだかたわらに散らばっている多くのスケッチをかき集めて言い返した。

「どれもこれも、とても丁寧に描かれています。九重先生の本来の持ち味よりも、若干繊細ですが……あの、よければ、この方向の絵をうちの雑誌に載せませんか」

「そこらの草花を適当に描いた絵だぞ? ナイトシステムが欲しがっている絵とも違う」

半身を起こした九重は訝しげな顔だ。

「わかっています。あちらが九重先生に描いていただきたいのは、剛胆な筆遣いのものです。

今回の企画はナイトシステムとのタイアップですから、本来ならゲーム内容を想起させる絵を掲載すべきかと思いますが……俺は、こういう絵もいいと思います。世間が知っている九重先生の筆致は潔いほどに大胆で、圧倒されます。でも、道ばたに咲いている花をこんなにみずみずしく描かれることを知っているひとは、そういないはずです。お願いします。ぜひ、このタイプの絵をうちで描いてください。読者も、先生の新たな一面にきっと喜びます」

可愛らしい花々を放っておくのはもったいない。その一心で、さっきまでの無礼も兼ねて床に手をつき、深々と頭を下げた。だが、九重はすげない。

「そんな平凡な絵のどこがいいんだ。最初にあんたは言ってたよな。俺の絵では、桜のシリーズが好きだって。あれとこれとじゃ、スケールが違いすぎるだろうが」

「スケールの問題ではありません。それに、この絵は平凡でもありません。誰もが見落とすような日常を正しく、丁寧に描き移されている、心のこもった絵です」

懸命に言い募った。これほど熱心な依頼をするのは初めてだ、などと頭の隅で考えているうちに、九重は呆れたのかどうだか知らないが、また背中を向けてごろりと寝転んでしまう。

「九重先生」

「うるせえ。俺は眠いんだよ。もう帰れ」

「でも……あの」

自分でも勝手なことを言っているのは百も承知だ。ついさっきまで、九重とも、九重の絵とも一線を引こうと思っていたのに、彼の真情が込められたような素朴なスケッチに一瞬のうちに心のすべてを持っていかれてしまった。虜《とりこ》になってしまったのだ。

桜というスケールの大きなものを描く反面、小さな花々の緻密《ちみつ》さも描き漏らさない九重の底力を、もっと見てみたい。

寝ても覚めても、彼はなにかを描くのだろう。取り憑《つ》かれたように。叶うなら、その場に居合わせてみたい。九重の目に映るものが彼の手からどんなふうに紡ぎ出されていくのか、間近で見てみたい。

いままでは、遥か遠い宇宙のことばかりに想いを馳《は》せていた。宇宙の中で星々がどんなふうにして生まれ、果てていくかということに焦点を合わせてきたが、自分と同じ人間――九重鎮之という男の中に、星々に劣らない煌《きら》めきがあるとわかったら、そのひとつひとつをじっくり見てみたい衝動に襲われる。

突然、九重シンパになるつもりではないが、彼の企画に携わる者として、やっと、これなら、という方向性を見出したのだ。このチャンスを逃したくなかった。

「九重先生、どうかお願いします」

答えはない。また眠ってしまったのかと肩を落とし、そっと九重の顔をのぞき込んでみたが、陰になってしまってよく見えない。嘆息し、本郷は手元のスケッチを何度もめくった。古い絵、新しい絵。どれひとつとして手抜きはなく、季節の一瞬を光とともに彩る花々に真剣勝負を挑んだ九重が目に浮かぶ。

——いきなりこんなふうに近づかれたら、うるさく思われても当然だよな。

自分の取り柄は真面目なところだと思うが、ときに度を超して、暑苦しくなってしまう嫌いがあることは自覚していた。

一度目に入ったら脇目もふらず猪突猛進してしまう。ただし、それはあくまでも仕事のことだけで、対人関係にまで熱を深めることは一度もなかった。

たとえ顔の良さで女性に群がられても、本郷はいつだって仕事を一番にしていたから、最後は結局みんなつまらなそうな顔で去っていった。そのことに寂しさを覚えたことはない。ありったけの好奇心を注ぎ込めること、すなわち仕事こそが生き甲斐だと思っている。

そしていま、好奇心のすべては、背中を向けて眠る男に向かっている。

自分の身体をくるみ込むようにして、九重は眠っている。男らしく節が目立つが、長く、美しい印象の指だ。画家らしい骨っぽさの目立つ手が可愛らしい野花や荘厳な桜を描くのかとぼんやり考えながら、スケッチと彼の手を繰り返し交互に見つめた。

大きさは違うものの、自分と同じ造りの手だ。なのに、どうしてあんなにもさまざまな絵が描けるのだろう。手が勝手に動くものなのか、それとも、人並み以上に対象物を正確に読み取れる目があるからか。

——この絵を手放したくない。外に出してやりたい。九重さんが生み出す絵に、俺は文章をつけなければいけない。どんな文章がふさわしいんだろう。この絵に負けない文章を、俺は書けるんだろうか。

「……おまえ、どういうつもりなんだよ。いつまでそこにいるんだ」

眠っていたとばかり思っていた男の掠《かす》れた声に、「……あ」と本郷はうろたえた。

ゆっくりと起き上がった九重の両手が伸び、肩を摑んでくる。薄闇の中の鋭い視線に射竦《いすく》められ、逃げる暇もなかった。勢い、熱っぽい身体に組み敷かれ、摑んでいたスケッチを取り上げられた。

「さっきのキスの余韻が抜けてないのか？　それとも、本気で枕営業をするつもりか？」

「違います、俺、……俺は……」

喉元に熱い塊が押し込まれたようで、言葉の続きが声にならない。

最初のキスよりも、二度目のキスよりも淫靡《いんび》な兆しを感じさせるように、九重が髪をかき上げ、耳たぶを嚙んでくる。

「この絵を表に出したいって本気で言ってるのか？」

「九重さん……」

「本気なら、俺はこれから、おまえを好き勝手に弄《いじ》る。おまえが嫌だと言わないなら、ここの絵を雑誌に出してもいい。どうする」

なにをどう答えればいいのだろう。九重の好き放題に触らせるという強引な案に頷いてしまえば、身体を使った仕事になるとみずから認めなければいけなくなる。

ならば、熱く湿った吐息が喉元にかかり、シャツを透かして肌にまで染み込んでいくことを嫌だと突っぱねられるか。

「ほんとうに違います、俺は」

「なにが違うって言うんだ」

「俺は、その」

懸命に答えを探した。心の中に強欲な本音が、ふたつある。

九重の絵が欲しい。

身体中に擦り込まれるような熱の欠片《かけら》を知ってしまった以上、それも欲しい。

――どっちも嫌だと言えない。どっちも欲しい。だけど、そう言ったら、このひとはきっと俺を軽蔑《けいべつ》するはずだ。俺自身、身体を使ってまでこのひとの絵が欲しいわけじゃない。でも、嫌だとは言えない。どうしても。

殴ってでも逃げるべきか、言うことを聞いたほうがいいのか、悩んでいる間にも九重が身体を擦りつけ、瞼の際にくちづけてくる。

いっそ、乱暴に扱ってくれたほうが情動に任せてしまえるのにとなじりたくなるほど、九重は淫猥《いんわい》に身体を押しつけてきて、焦れったい熱をそこら中に孕ませていく。

口を開け、と低い声で命じられ、朦朧《もうろう》とする意識で従うしかなかった。ぬるりとした温かい唾液を交えた舌がすべり込んできて、ちゅくり、くちゅ、と音を立てて舐《ねぶ》り回してくる。クラブでのキスの余韻が抜けていない、という九重の指摘は当たっているが、それ以上に、いましがた目にしたばかりの彼の才能に強く惹かれていた。

人知れず、道ばたで咲いて消えていくような花を、九重は丁寧に描き留める。そうすることで、名もない花は九重の中で永遠に生き続ける。

破天荒な遊びをするくせに、それとは真逆の真摯《しんし》な視線で描かれた花々が頭から消えない。

「……う……っんぁ……」

逞しい二の腕にしがみつき、きつく押しつけられる下肢から逃れようとしたが、ちょっと動いただけでもひくんと身体がしなるほどの快感がこみ上げてくる。

とろとろと唾液を交わし合う深いキスが、九重の好みのようだ。これでも一応、女性とそれなりに寝てきたはずだが、九重ほど執拗なキスを求めてきた相手はいないし、自分からもしたことがない。長い舌先が口内を存分に犯し、上顎《うわあご》がじんわりと痺《しび》れて甘痒《あまがゆ》い快感を呼び起こす頃には、自分から九重の広い背中にしがみついていた。

「……っ……こ、のえさん……っ」

「俺の好きにしていいんだろ」

断定的な九重の声も、欲情に掠れている。ゆるくシャツをはだけられ、スラックスのジッパーがぎちぎちときつい感じで下ろされていくときには、さすがに羞恥《しゅうち》心で頬が熱くなった。キスをしただけなのに、きわどく昂《たか》ぶっているのが自分でもわかる。

「なんだおまえ、キスぐらいでこんなになるのか？　先っぽがヌルヌルだ」

「ち、ちが……っ！」

「違うわけないだろ。ほら」

はしたない言葉に身体が竦む。下着の中に手を突っ込んだ九重が、多すぎる先走りで濡《ぬ》れた指先を眼前に突きつけてくる。性的な経験を積んでいても淡泊だと思っていた。なのに、九重の指であっという間に暴走していく身体を抑えようにも抑えられない。

「あ……あぁっ……」

中途半端に服を脱がされた状態で、硬く勃起《ぼっき》したペニスだけを剝《む》き出しにさせられた。九重の親指と人差し指でできた輪っかに敏感なくびれをぬるっ、ぬちゅっ、と締めつけられ、扱かれて、声が跳ね飛んでしまう。

自分と同じ男に喘《あえ》がされているのかと思うと悔しさが胸を締めつけるが、薄闇に浮かぶ九重の鋭い目元を見ただけで肌がざわめく。力のかぎり暴れようと思えば、できないことはない。逃げようと思えば、その隙はいくらでもあるように思えたが、なにか言おうとする前に九重がくちびるを重ねてきてしまうことで、もどかしい反論が声になることはなかった。

「ん……っぅ……」

同性だけに快感の在処《ありか》を知り尽くしている九重に追い詰められ、背中をかきむしる手にも力がこもる。

　ふと、手を摑まれた。

「俺にも触れてみろ」

「……え……」

「おまえと同じだってことをわかれ」

　混乱したまま、九重の下肢におそるおそる触れた。ジーンズ越しでも、硬く、大きなものが盛り上がっているのがわかり、一気に身体中がかっと火照《ほて》った。

　自分だけ感じさせられているのかと思っていたが、違う。ただ単に、手軽な快感に反応しているだけかもしれないが、九重も昂ぶっているという事実が身体の深いところにさらなる熱を育《はぐく》ませる。

　――心を置き去りにして、手先だけで感じることはいくらでもできる。男の身体はそういうふうにできているんだ。

　わざと露悪的に考え、跳ねる鼓動をたしなめようと何度も息を深く吸い込んだが、九重に手を摑まれたまま、ジーンズのジッパーを一緒に下ろし、自分のものよりずっと大きな性器がぶるっとしずくを垂らして飛び出すのを握り締めたら、もう止まらない。

「あ――あ、っ……！」

「……っんだよ、おまえ、敏感すぎだろ」

ずしりと重たく、筋が太く浮き立つ性器をぬちゅりと擦れ合わせてくる九重が、まるで深く貫くかのようにゆっくりと腰を動かす。そうすることで、ずるぅっと性器が濡れて擦れ、意識がどろどろに蕩けてしまいそうな凄まじい快感がほとばしる。

「んんっ、あ、あ……」

根元に生える繁みがちくちくと肌を刺してくるのが妙にリアルだった。

全身をのけぞらせ、敷布を蹴ってまで声を殺した。互いの性器をまとめてにちゃにちゃと扱いてくる九重の息遣いもだんだんと余裕がなくなってくる。

「……いやだ、も、……もう……我慢、できない……」

「まだだ。俺はまだおまえから答えをもらってない」

「なに、……なんの……答え……っ、あ……っ！」

シャツ越しに胸をギリッと嚙まれ、悲鳴混じりになった。最初からきつく嚙みつかれたことで火が点き、じんじんとした痺れをひそませた乳首を、九重はシャツ越しにねっとりと舐《な》め回してくる。強い痛みはすぐに狂おしい疼《うず》きに変わり、本郷をさらに身悶《みもだ》えさせた。

「ここにある絵が欲しいなら、おまえを俺の好きにさせろ。当面、俺の面倒を見ろ。期限は、俺がいいと言うまでだ」

「……ん、く……っぅ……」

それまで激しかった性器へのいたぶりが急に弱まり、絶頂感がつらいほどに引き延ばされてしまう。

「こんなに感じまくってる奴が、嫌だなんて言うわけがないよな」

傲慢な声が胸に鋭い棘《とげ》を残す。誰も彼もが、自分には屈すると信じて疑わない声だ。そのことを素早く感じ取った本郷は、震える手で彼の胸をわずかに押しのけた。

あともう少しすれば、九重にいかされてしまうとわかっていても、絵が欲しいという切実な想いと、身体をゆだねたい想いは別々のところにあるとはっきり言っておきたかった。だが、せっぱ詰まった状況では、筋道立てて言うことができない。

「……絵を、描いてください。俺の望みは、それだけです」

「ふぅん……、結構頑張るじゃないか。おもしろい」

低く笑った九重が、ゆるめていた性器への愛撫《あいぶ》を再び強めてきた。もう、前のような余裕はない。ペニスの先端がひくつき、絶えずとろみをあふれさせている小孔をくりくりと弄り、過敏な粘膜を剝き出しにさせたところでぬるぬると激しく擦ってくる。

「あ、あぁ……っ！」

「俺の絵を欲しがったことを悔やませてやるよ」

鼻先が触れそうなまでに迫った九重の目にまぎれもない情欲と怒りが浮かんでいることを認めて、ぞくりと身体が震えた。

ひょっとしたら、この部屋にある絵には触れてはいけなかったのだろうか。目にすることも許されなかったのかもしれない。

ぐっと腰を擦りつけてきた九重が息を詰める寸前、限界が訪れて本郷は声を嗄《か》らして我慢に我慢を重ねていた快感を弾けさせた。すぐに九重も背中を丸めて、強く身体全体を波立たせる。どっと熱いほとばしりを腹のあたりに受けて、それがとろりと脇にこぼれ落ちていく間、——これが夢なら、と霞む意識で考えていた。

これがもし、夢なら、罪悪感の欠片もなく九重のすることに感じて、——絵が見たい、絵を描くあなた自身がどんなふうにしているのかも見たい、と正直に言っていただろう。どんな顔で絵と向き合うのか。目に映ったものをどんなふうに心に入れて、絵にしていくのか、間近で見てみたいと打ち明けたかった。

だが、九重はそれを望んでいないようだ。それもそうかもしれない。自分と九重の仲は最初から険悪だった。

悔やませてやる、そう言っていた。

絵を描くことが、九重にとっては惰性なのか、誰も立ち入らせない神聖な領域にあるものなのか、わからない。ここにある絵もごく私的なもので、九重としては誰の目にも触れさせるつもりはなかったのかもしれない。

暗い部屋の中で互いの荒い息遣いだけを聞いていた。まさかこんなことになるとは思っていなかった。だが、拒まなかった。ただ無心に、美しい花を生み出す九重に触れてみたかっただけだ。

手を伸ばせば、すぐそばに薄闇で咲く可愛らしい花がいくつもあるだろう。それを欲しがった自分は、代償として身体を差し出した。

彼が隠していた花を暴き、あまつさえ欲しがったのだ。無茶を強いてきた九重を責める気にはなれない。嫌だと言うチャンスがいくらでもあったのに、最後まで言わなかった自分が愚かなのだ。

最低の取り引きだ。

――汚いやり方にしてしまったのは、俺のせいだ。でも、他に方法が思いつかなかった。

厚みのある身体に組み敷かれたまま、本郷は熱く潤む目元を乱暴に拭《ぬぐ》った。恥ずかしさと悔しさに滲《にじ》む涙を九重に見られたくなかったのだ。


「九重《このえ》さんってこんな絵も描くんだ。あらためて見てもいいよねぇ。いつもの筆遣いとはまた違って、趣がある。女性にも受けそうなタッチだよね。で？　このタッチで絵を出していくことに九重さんのほうはオーケーなのかな？　ナイトシステムさんは？」

「はい、両方から承諾をもらっています」

ギシリと椅子を軋《きし》ませた副編の富田《とみた》が、ファイルに入った野の花に水彩絵の具で薄く色づけした九重の絵を楽しそうにめくっている。ブラスト編集部に見せるため、九重から預かってきたのは、ここ数か月の間に描かれた割合新しいもので、『どれを出したいかは、そっちで勝手に決めていい。次回からは毎回新しいものを描く』と言づかっていた。

「ただ、ナイトシステムさんと話し合った結果、一応これらは本来の九重さんの絵とはかなり路線が違うので、コーナーの題字の下にでも、ゲームで使われる筆で描いたインパクトあるキャラ絵を載せようかってことになりました」

「だよな。もともと、九重さんの持ち味は大胆な筆遣い、鮮やかな墨絵だしね。でも、いいんじゃないの？　九重さんのイメージはすでに世間的にもある程度、固定化しているだろう。あの格好いい筆遣いが僕は好きだけど、ピンとこないひとも当然いるだろうし。こういう繊細な花も描く画家だってことがわかれば、新しいファンもつくんじゃないかな。お手柄だね、本郷《ほんごう》くん。すべり出しは順調じゃないか」

「ありがとうございます」

「これで文章のほうにも、もうちょっと色気とか遊びがつくともっといいんだけどなぁ……」

苦笑混じりに言われて、思わず、「すみません」と真顔で謝った。九重のイラストを預かってから、早三日が経つ。その間に、六回も原稿を書き直しているのだが、富田からのゴーサインはなかなか出ない。文字量はさほど多くなく、九重のイラストを真横に置いてできるだけ誠実な文章を書いているつもりなのだが、その誠実さが、富田たちには、『色気がない』というふうに映っているようだ。

「『花びらの先までリアルに描かれているのに、見た者の心をほっと和ませる力がある』……なんて文章、小学生でも書かないって。厳しいことを言うようだけど、いまの本郷くんの文章は誠実をとおり越して、陳腐だよ。編集歴五年を越える奴が書く文章じゃない」

「申し訳ありません」

手厳しい叱責《しっせき》に、じわりと額に汗が滲《にじ》み出す。普段は温厚な人柄だが、文章の出来不出来に関してだけは、富田は一歩も譲らない。

「見たまんまを書けばいいわけじゃないし、感じたことをそのまんま書けばいいってもんでもない。もっと想像力を働かせてくれよ。きみは、科学を突き詰めるフロンティア編集部にいたんだろう？　宇宙の真理を説くことこそ、豊かな想像力が基盤になっていたんじゃないのか？今回のきみが担当している企画は、九重さんのイラストという恩恵がある。本来、文章がつかなくても成り立つコーナーに、あえて文章をつける意味がわかってるかな？」

椅子の背もたれを起こし、富田が赤字だらけの原稿を人差し指で弾く。昨晩、富田にメールで送信しておいた原稿が、今日の昼には早くも真っ赤に修正が入って返ってきたのだ。

「九重さんのイラストのイメージを損なうことなく、邪魔することなく、文章を読んだだけでも素敵ななにかを読者に感じさせること。それが、このコーナーでの文章の役割、きみの大事な仕事だよ。でも、いまのきみが書いているのは雑誌に載せる以前の文章。日本語が壊れているとまでは言わないけど、当たり前のことばかりで、興ざめする」

「すみません。もう一回、書き直します」

悔しいのを堪えて赤字だらけの原稿を受け取ると、富田が眼鏡を押し上げて微笑《ほほえ》む。

「しぶといところは本郷くんの長所だね。でも、そろそろタイムアウトだ。七回目の原稿が駄目だったら、申し訳ないが、僕が書き直す。それが嫌なら、意地でも、感性のある原稿を書いてくること。最終締め切りは週明けでいいかな？」

「わかりました。頑張ります」

富田に頭を下げて、自席に戻った。

「結構絞られてるな、本郷も」

隣席に座る同僚の伊沢《いざわ》が気の毒そうに笑いかけてきた。

「富田さんって文章面じゃかなりハードルが高いこと言うけど、あのひとの指摘は間違ってないから頑張れよ。俺も最初の二年は富田さんに怒られっぱなしだったよ」

「そっか……。俺はいままでずっと、固い記事しか書いてこなかったから、色気のある文章っていうのが、どうにも浮かばないんだ」

「でもさ、宇宙に対するロマンと、絵から感じ取るロマンって、根本はわりと同じところにあるんじゃねえの？　そりゃまあ、九重さんのイラストを見たまま感じたままを書くだけじゃ、どやされるけどよ。なんていうかこう、まったく違う観点に立って書いてみろよ。まっすぐに見るだけじゃなくて、ユーモアとウィットに富んでる文章っつーか。たとえるなら、ポエムな感覚が必要なんじゃん？」

「ポエム？　……なんか俺から一番遠い世界だな」

ため息混じりに返し、赤字だらけの原稿をファイルに収めて鞄《かばん》にしまった。一から書き直さなければいけないのだから、修正が入った原稿はもう捨ててしまってもいいのだが、これがブラストでの初めての仕事だ。

――絶対に、次の原稿でオーケーをもらわないと。

そのときに、なぜいままで書いてきた原稿が駄目だったのかを冷静に見直すためにも、富田が丁寧にチェックを入れてきた原稿は取っておきたい。

七回目の原稿は、切り出し方から一気に変えたい。だが、どんなふうに書き出せばいいのか、ぼんやり座っていても浮かばない。編集部の壁にかかる時計が夕方の六時を過ぎていることに気づき、はっと腰を浮かした。

「俺、今日はこれで帰るよ」

「了解。家で真面目に原稿か？」

「うん、まあ、そんなところ」

伊沢に軽く挨拶《あいさつ》して、編集部を出た。といっても、家にまっすぐ帰るのではない。自宅とは違う方向の地下鉄に乗り、もうすっかり馴染《なじ》みとなった九重宅へと向かった。

――イラスト一枚につきキスを一回、と馬鹿馬鹿しいことを言っていたのは、最初に顔を合わせたときだっけ。でも、いまじゃもう、そんな状況じゃなくなってる。『もういい』と言われるまで、俺はこの家に通い続けて、彼の言いなりになるんだ。

九重の家に向かう途中にあるスーパーに寄って、今夜の夕食のための食材と缶ビールを数本買った。九月も半ばを過ぎたが、今年の残暑は例年になく長引いている。ブラスト編集部の人間は雑誌の特性か、Tシャツやジーンズといったくだけた格好をしていることが多く、異動直後は堅苦しいスーツを着ていた本郷も、最近では少しずつラフな格好に変えている。けれど、九重に会いに行くときだけは、やはり気を遣ってスーツを着るようにしていた。

六時を過ぎてもまだ明るい陽が射す街中で、ジャケットを羽織っているのはさすがに暑い。ワイシャツの長袖をまくり上げていても、ネクタイを締めていれば無礼にはならないだろう。

最寄り駅から歩いて約十分。高い塀から張り出した見事なもみじを見上げて知らずとため息をつき、玄関のチャイムを三回、立て続けに鳴らし、返答を待たずに木造の引き戸を開いた。庭付きの九重宅はしんとしていて無人のように思えるが、本郷は構わずに母屋へと向かい、そこでもチャイムを三回鳴らし、あらかじめ渡されていた鍵を使って戸を開いた。

「ブラストの本郷です。お邪魔いたします」

玄関脇のアトリエに向かって声を張り上げた。返事がない、ということは、九重が仕事に没頭している証拠だ。

イラストをもらう代わりに九重の身の回りの世話をする、というのが、本郷に課せられた役目だ。もちろん、編集部の人間には話していない。イラスト一枚につきキス一回という段階だったら、まだ冗談ですんでいたかもしれない。だが、クラブで馬鹿騒ぎをした晩、酔っぱらった九重を介抱している際に繊細なタッチで描かれた花の数々を見つけて心を奪われた結果、頑丈な両手で抱きすくめられることをどうしても嫌だと言えなかった。

——それまで、絵には興味がないと思っていたのに。九重さんが描く花には、たとえようもない躍動感がある。みずみずしくて、ほんとうに綺麗《きれい》だった。

九重という人間そのものはつき合いにくいことこのうえないが、彼の才能、彼が描く絵から目を離したくない。そう思ったら、彼が突きつけてくる無理難題を飲み込んででも、そばにいたかったのだ。

腕まくりしたまま台所に入り、買ってきた食材を並べた。食事の支度を調え、部屋を掃除する通いの家政婦がいたらしいが、本郷が三日にいっぺん通うことで、家政婦には当分の間休んでもらうことになったようだ。

——これじゃ、ほんとうにパシリ同然だ。

またもため息をつきそうになったのをなんとか堪え、大きな鍋に水を張った。今夜のメニューは、さっぱりした素麺《そうめん》に、かぼちゃとさやえんどうの煮付け、それと出来合いで買ってきた一口メンチカツだ。本郷も長いことひとり暮らしをしてきたが、あいにく、料理のレパートリーは少ない。仕方なく、初心者用の料理本を買ってきて、無難にできそうなものからチャレンジしている。

茹《ゆ》でて氷水で丁寧にさらすだけの素麺はともかくとして、かぼちゃとさやえんどうの煮付けは、何度も料理本を見て、醬油《しょうゆ》も砂糖も正しい分量で味つけした。九重の家で料理をつくるのはこれがすでに四度目だから、食器がどこにあるかもわかっている。

九重自身、時間があるときはちゃんと自炊をするのだろう。そうとわかるのは、食器類が豊富なせいだ。茶碗や形のさまざまな皿はもちろんのこと、湯飲みや急須も結構な数がそろっている。大きな食器棚をごそごそ探したら、素麺を盛り付けるのにうってつけの、ガラス製ででてきた深皿が見つかった。

「……食器マニアなのかな……」

「べつにそういうんでもねえけど」

「九重さん！」

背後から聞こえてきた声に、慌てて振り返った。紺地のバンダナを巻き、楽そうなシャツとジーンズといった格好の九重がすたすたと台所に入ってくる。うっすらと手が黒ずんでいるのは、アトリエでずっとなにかを描いていたためだろう。

「九重さん、ひとりで暮らしてるんですよね。なんでこんなに食器があるんですか」

「俺は食べる時間が好きなんだ。それぞれの料理に合った器で食べたいって思うのは自然なことだろ」

ぶっきらぼうな言い方だが、冷たく感じることはない。本郷が氷水を張った深皿に素麵を盛り付けている横で、九重は念入りに手を洗っている。

身の回りの世話をしろ、と命じられたときは、もっとひどい目に遭うのではないかと内心危《き》惧《ぐ》していた。有り体《てい》に言えば、つらく性的な辱《はずかし》めばかり受けるのではないかと思っていたのだが、これまでのところ、そういうことはない。

ただ、ときどき、秘密の時間がある。そのことに対する選択権を持っているのは、当然、九重だ。

揺らぎそうな意識を努めて引き締め、できあがった料理を居心地のいい居間に運んだ。窓を開け、年代物の扇風機がゆったりと回る居間は、思いのほか涼しい。

「庭に水でも打ってあるんですか」

「ああ。夕方にひと撒《ま》きしとくと、結構涼しいんだよ。あ、今度、庭の草むしりをしておいてくれ。まめにやっておかないと、この時期でもまだ虫が湧《わ》くんだよ」

「はぁ……」

「とにかくおまえも食え」

年季の入ったちゃぶ台に向かい合わせに座り、さっぱりした素麵を啜《すす》り込んだ。窓際に吊された風鈴が、ちりんと可愛《かわい》らしい音を響かせる。居間にはテレビもステレオもないから、ほんとうに静かなものだ。

「九重さん、テレビって見ないんですか」

「いや、風呂に入るときに防水型のテレビで見てる。あと、雑誌も風呂で読む。うだうだしながら長風呂するのが好きなんだ」

「ふぅん」

安穏《あんのん》すぎる会話が、なんだか変だった。可笑《おか》しかった。

下働きさせられている状態で他愛ない世間話などできるはずがないと思っていたのに、一歩内側に踏み込んでみると、そのぶん九重のほうが一歩引いたようで、居心地はそう悪くない。

あっという間に食べ終えた九重が腹を撫《な》で、「八十点」と言う。

「かぼちゃとさやえんどうの煮付けは結構旨かった。素麺は、もうちょっと強くさらしたほうが旨い」

「努力、します」

料理をつくらせておいて点数付けするか、という文句を言い出したらきりがないので、おとなしく食後の麦茶を差し出すと、九重が煙草に火を点《つ》ける。ちゃぶ台に肘《ひじ》をつき、ゆったり煙草を吸う仕草は堂に入っていて、つい目を留めてしまうほどのものだ。

何度か触れ合い、彼の絵に影響を受けている真っ最中だから、ふとした仕草が気になってしまうだけだ。

そうした動揺もやっぱり悟られたくないから、本郷も煙草を取り出した。もともと、仕事先では吸わないようにしていたのだが、ここでは九重も吸うことだし、自分も息抜きのひとつぐらいしたい。

偶然にも、互いに吸っている煙草の銘柄が同じだったということに気づいたのは、ついこの間のことだ。

「お仕事のほうは順調ですか。ナイトシステムさんのキャラデザ、進んでますか？」

「んー、まあ六割……五割の状況かな。いままでデカい絵ばっかり描いてたんで、小さめに描くってのに慣れてないんだよ。それに、キャラデザインって結構、パターン数を描くだろ。あれが思っていた以上に厄介だ」

ふぅっと煙を吐いて九重はしかめ面をしているが、口ぶりを聞くかぎりはさほど苦戦しているようでもないようだ。

ナイトシステムでの新作格闘ゲームは、多種多様な格闘家たちが登場する。九重の重厚感あるイラストならさぞ見映えがするだろう。

「あの、もしよければ、キャラデザ、少しでも見られませんか？」

「墨が入ってんのはまだ一キャラしかねえよ」

「構いません。ぜひ見たいです」

九重の新しい絵がどんなものか、見られるならいますぐ見たい。

――顔を合わせた当初の無関心さが嘘《うそ》みたいだ。九重さんもきっと訝《いぶか》しく思ってるだろう。おのれを戒めたが、うずうずする気持ちを九重も感じ取ったらしい。かすかに笑い、「そっちの原稿はどうなんだよ」と訊《たず》ねてくる。

「そろそろ、俺の企画連載一回目の文字原稿ができあがっているはずだろ。どんなものか、見せろ。そしたら、俺の絵も見せてやる」

「ですが……じつはまだ、上司のオーケーをもらうところまでいかなくて、お見せできるようなものじゃありません」

赤字だらけの原稿が鞄に入っていることを思い出して恥ずかしさにうつむいたが、それで引っ込むような九重ではない。本郷のそばに置かれた鞄にちらりと目をくれ、あっという間に取り上げた。

「九重さん!」

勝手に鞄の中身をのぞかれ、急いで止めようとしたが一歩遅かった。透明なファイルに挟まった原稿をめざとく見つけた九重は、楽しげな顔だ。

「『透きとおるような美しさを持つ花の数々を丁寧に描き出す、九重鎮之《しげゆき》の新たな魅力』……、なあ。おまえ、これ、本気で言ってんのか? ダダ漏れにも程があるだろ」

「勘弁してください。そこは、上司にもこっぴどく叩《たた》かれた部分です」

あまりに幼稚な表現だ、と副編の富田に唸《うな》られた見出しを九重にまで笑われて、いたたまれない。

「頭ではわかってるんです。俺にはどうも、その、叙情的な書き方ができないというか、観点が鈍いというか……やたらに複雑な言い回しをするべきでもないとも言われて、シンプルに書けばいいのかどうか迷って書いた原稿が、それなんです」

「これ、何回目の原稿なんだ」

「六回目です。次でもし駄目だったら、上司自身が書くと言い渡されました」

ぼそりと呟《つぶや》くと、九重の眉間《みけん》の皺《しわ》が深くなる。

「馬鹿野郎。そう簡単に自分の仕事を投げ出すな。初回から、他人の手を借りてどうすんだよ」

強く言い切った九重が立ち上がり、顎《あご》をしゃくる。

「仕事場に来い。絵が見たいんだろ」

「あ、はい、ぜひ」

弾かれたように立ち上がり、九重のあとを追った。仕事場だけは九重の聖域で、勝手に入るなと厳重に言い渡されているから、クラブで彼が泥酔した晩、黙って仕事場をのぞいてしまったことは内緒にしている。

玄関脇の扉を開き、ぱちりと部屋の灯りを点けた九重が奥の作業机へと向かっていく。床のほとんどを埋め尽くす桜の絵をもう一度見られるだろうかと胸を躍らせたが、汚れ防止のためか、あいにく、白い布がかけられていた。

「これができあがっているぶんのキャラだ」

部屋の奥の壁を横切る物干しのロープに、さまざまなキャラを描いた紙が何十枚も吊るされている。そのうちの一枚を手渡され、墨痕《ぼっこん》鮮やかな筆致に目を瞠《みは》った。剣を大きく振り上げた武士を派手に描いたものだが、いまにも動き出しそうな生き生きとした表情、仕草が見事というほかない。

「たぶん、ゲームの第一報ではこのキャラと、こっちの空手家のキャラを使うって言ってた」

「いいですね、すごい、……これなら絶対にいけると思います」

正直すぎる賞賛に、九重は苦笑いしている。だが、実物を手にしたときの感動がこれほどのものとは思っていなかったから、本郷としてもただただ食い入るように見つめるばかりだ。

「平面で見ているだけでもこれだけの迫力なんですから、実際に立体化されてゲームの中でどう動くのか、ほんとうに楽しみです」

「ま、ありがたい褒め言葉として受け取っとく。でも、おまえが欲しがったのは、墨絵じゃなくて水彩画のほうだろ？　しかもえらく地味な花の絵」

「地味ではありません。あれはあれで、ちゃんとした力がある絵です」

「どういう力だよ。言ってみな」

作業デスクに腰掛けた九重が軽く腕を組む前で、本郷は手にした墨絵をじっと見つめる。

「確かにこの墨絵とはまったく違うタイプのものですが、俺はあんなに素直で新鮮な花の絵を見たことがありません」

「おまえ自身、美術界には疎いんだろ？　他にも似たようなものを描く奴がいるかもしれないことを知らないだけじゃないのか」

「おっしゃるとおり詰め込み式の知識です。あれと似た絵があるかどうか、他の編集者ともいろいろ探してみましたが、ありませんでした。あれは、花と九重先生が真正面から向き合った、誠意が感じられる絵です。日本に四季があることの楽しさを思い出させてくれました」

九重は黙っているけれど、口元はかすかにほころんでいる。

「そのへん、もう少しひねって文章にしてみろよ。いまのはそう悪くない」

いつになく穏やかな声に驚いたが、「はい」と頷《うなず》いた。

「頑張ってみます」

「ほどほどにな。おまえみたいな真面目馬鹿は加減てものがわからないから、宇宙の真理だなんだって方向にいきなりぶっ飛ぶんだろうが」

「あの、でも、宇宙に関する事柄だって順々に紐解いていけば楽しいんですが」

久々に振られた話題に速攻食いついてしまう自分は、やっぱり宇宙馬鹿なのだろうか。

「あー……、じゃあ、ひとつだけ、おまえの興味がある宇宙論を聞いてやる。ただし、ひとつだけだぞ」

「ひとつだけですか。いやでも、せっかくなら順々に……」

「あのな、俺はおまえと違って宇宙物理学に詳しくないんだよ。たとえば俺が使っている画材について逐一説明したところで、おまえは混乱するだけだろう。それと一緒だ。おまえがいま一番興味を持っている宇宙論についてひとつだけ話せ。わかりやすく、簡潔に」

「わかりました。じゃあ、ニュートリノの重さが計測できたことによって実証された宇宙縮小論について話します」

「宇宙縮小とは、またずいぶんと極端な話題だな」

九重は呆《あき》れた顔だが、せっかくの機会だ。自分が興味を持っていることを九重に聞いてもらえるまたとないチャンスを逃したくない。

「宇宙に多々ある超微粒子に、ニュートリノというものがあります。この物質について話すと長くなるのではしょります。これまで、宇宙は果てしなく膨張を続けていくという理論が優勢でしたが、ニュートリノに重さがあることを日本の研究チームが突きとめました。そのことによって、膨張論の真逆にある収縮論が成立する可能性が出てきたんです」

「収縮するとどうなるんだ?」

問い返されるとは思っていなかったが、即答できる。

「仮説であることが前提ですが、ある一点を通過したところで宇宙の膨張は止まり、収縮を始めます。その場合、宇宙の温度がいまの倍に跳ね上がり、ずっと遠いところにある銀河もどんどん引き寄せられます。最後には宇宙全体が太陽のように明るく輝いて、銀河同士がぶつかり合い、星々は溶け、ある一点に向かって縮んでいく……のが、宇宙の始まり、いわゆるビッグバンの逆にあたる、宇宙の終わり、ビッグクランチと呼ばれる状態です」

精一杯嚙《か》み砕いて話し終え、ふと九重を見ると、案外楽しそうな顔だ。

「宇宙全体が太陽みたいに明るくなるかぁ……。それ、ちょっと見てみたい気がするな。想像を絶する光景だよな」

「ですよね。当然、その状態では生命体が生き残れるわけないいんですけど……、あのでも、俺、もしも叶うなら、地球ができたときにあったとされている、『地球に降った最初の雨』が見てみたいんですよ」

「なんだそれ、ていうか待て、そう嬉々とした顔するな。さっきみたいに短めに話せ」

ひとつだけ、と言っていたくせに次の話題にもついてきてくれるのだと思ったら、つい顔に表れたようだ。でも、嬉しさは隠しきれない。好きな分野について聞いてもらえる——九重に興味を持ってもらえることの嬉しさが強すぎて、口を開いたら延々喋《しゃべ》ってしまいそうだから、ちょっとの間、目を閉じて要点を整理した。

おもむろに目を開くと、おもしろそうな顔とぶつかった。

「それじゃ、短くまとめます。いいですか?」

「おう、聞かせてみな」

「生まれたての地球は、いわば燃え盛る火の玉でした。水蒸気と二酸化炭素で温められ続け、すべての物質がどろどろに溶けるほどの高温により、マグマオーシャンという現象を引き起こします。その名のとおり、地球全体が燃えるマグマの海の球体でした。そのあと、だんだんと地表が冷え、地表が水蒸気を吸収することも減ります。このあと、いくつかの過程を経て、太陽の光がまったく遮られた状態で、水蒸気が水に凝縮した結果、雨となりました。温度は八十度以上、塩素や亜硫酸ガスの混じった激しい雨が、地球誕生からおよそ一億年後、最初に降った雨と言われています。……見てみたいですよね。当然、傘も使えないから、無理ですけど」

「すごいな、おまえ。ホント、その手の話が好きなんだな」

九重が声を上げて笑い出す。

「いまの話は結構おもしろかったぜ。わかりやすかったし、宇宙オンチの俺でも楽しめた」

「じゃ、あの、次は俺が一番好きな金星の話を」

「無茶言うな。宇宙の縮小と地球に降った最初の雨のふたつを聞いてやっただろ。それだけでも大盤振る舞いだと思え」

「……じゃあ、またの機会に」

諦《あきら》め悪く言うと、九重はまだ可笑しそうに肩を揺らしている。

その笑顔に、少しだけ距離が縮まったように思うのは早計だろうか。

――最初の頃はとってつけたような笑い方をしていた。俺も、このひとも。だけど、いまは少し違う。ほんの少しだけ、互いの領域に入ろうとしているんだ。

そこでやっぱり気になるのが、背後で白い布に覆われた桜の絵だ。

なぜ、この絵は未完なのか。なぜ、九重は花の絵を描きつつも、もともとの代表作である桜のシリーズを遠ざけているのか。

「あの、俺からもひとつ、聞いていいですか」

「なんだ？　真っ当な答えが出せるかどうか、確約しないけどな」

仕事場では煙草を吸わないらしい九重をまっすぐ見据えた。

「俺のうしろにあるのは、絵ですよね？」

「ああ、そうだ」

「桜シリーズの最新作ですか？」

「見たのか？」

淡々とした声音で訊《き》かれ、素知らぬ顔で、「いいえ」とは言えなかった。軽々しく嘘をつくのは性分じゃない。

「すみません。九重さんを六本木《ろっぽんぎ》のクラブから連れ帰った晩に、この部屋に入りました」

「どうして」

「寝室にあったラフスケッチが想像以上に素敵だったので。だったら、アトリエはどうなんだろうって……いまさらですが、勝手な真似をして申し訳ありません」

「……まあいい。あの晩、泥酔していたのは確かだからな」

九重の声はさっきよりもトーンが下がっているが、気を悪くしたのではないらしい。そのことに背を押されて、もう一段、深く踏み込んでみた。

「どうして、筆を入れない状態なんですか？　このままにしてしまうんですか？」

「未完の大作があってもいいだろ」

冗談交じりの口調だが、どことなく引っかかるものを覚えるだけに黙っていられない。

「ご存じのとおり、俺は、今回の企画で初めて九重さんの絵を拝見するようになりました。ですから、知識が足らず、失礼な点が多々あることは承知しています。いまはもっと多くの九重さんの絵を見たいと思っています。大作はもう描かれないんですか？　寝室にあったようなラフスケッチはあのまま放置してしまうんですか？　今後は本の装丁やゲームの原画といったマスメディア向けの絵になっていくんですか？」

「いっぺんに話すな、訊くな。本郷、おまえの悪い癖だぞ」

「すみません」

気になったらひと息に突き進みたくなる癖はなかなか抜けないものだ。

「いまの質問には、答えたくない」

「なぜですか」

「答えたくないと俺は言っている。聞こえなかったか。たまにおまえ、無神経だぞ」

「……申し訳ありません」

きっぱりと言い渡されてしまえば、それ以上追い込めない。やっと近づけたような感覚だったのに、直前でするりと逃げられた。

――確かに、無神経だったかもしれない。俺はいまだに、このひととの距離の取り方が摑《つか》めていないんだ。

やるせない思いでうつむいていると、九重が無言で肩を押してくる。部屋を出ろという合図なのだろう。そのことに、いきなり胸がはやり出す。

ついさっきまで仕事の話をしていたばかりだ。前回も前々回に来たときだってそんな素振りをちらりとも見せなかったのに、今夜、肩を摑んでくる九重の手は熱い。

九重がなにをするのか予測できないことが怖いはずなのに、いいように踊らされてしまう。

廊下の先を歩く九重に手を摑まれているから、逃げられない。居間、台所、風呂場と通り過ぎて、最奥の寝室に連れ込まれた。灯りは点けないままだが、カーテンを透かして射し込む外灯で、うっすらと互いを判別できる。最初にこの部屋に入ったとき、真ん中に布団が敷かれ、その周囲を花びらのように膨大なラフスケッチが散らばっていたことを、いまでも思い出す。

あのときと今夜も室内の様子はまったく変わっておらず、大小さまざまなサイズの紙に描かれた花が散乱している。スケッチの数は多少増えたかもしれない。それらを踏まないように注意深く中央の布団まで辿《たど》り着いたら、ようやく座らせてもらえるが、右手は繋《つな》いだままだ。

「こ、……」

身体の底からこみ上げてくるような熱に負けて、九重さん、と名前を呼ぼうとしたが、人差し指でくちびるをふさがれた。この部屋に入ると、九重はほとんど喋らない。湿ったくちびるを押さえていた指が、ゆっくりと首筋に落ち、ネクタイを解いていく。鎖骨の溝を何度もなぞられる間にシャツのボタンがはずされ、スラックスのジッパーも下ろされる。

「……っ……」

熱い指先が直接肌に触れ、声を殺すのが難しい。だが、九重がなにも言わないから、本郷もなにも言えない。

部屋の掃除をして食卓を調え、少しばかり話もし、九重の身の回りの雑事を片付けた最後に、薄闇の中で身体に触れられる。

ただ、それがいつ行われるのか本郷にはまったく予想できない。すべては九重の機嫌しだいなのだろう。だから、よけいに敏感に反応しすぎてしまうのかもしれない。

これも、身の回りの世話のうちに入るのだろうか。はっきりとはわからない。九重は、表面的にしか触れてこないのだ。最初こそはほんとうに犯されるのかもしれないと怯《おび》えたが、そうではなかった。けれど、なめらかな肌に触れ、骨の密度を確かめるような手つきは、愛撫《あいぶ》といって間違いないはずだ。服を全部脱がされるでもなく、ただひたすら全身を隈無《くまな》く触られたあと、かならず指でいかされる。最初のとき同様、どうにか堪えようとあがいてみても、九重は徹底的に追い詰めてくる。手で触られているだけなのに、回数を重ねるごとに感度が鋭くなるようで、本郷自身が恐ろしくなるほどだ。

——経験がないわけじゃない。でも、九重さんの手がすることは、誰とも違う。

途中で九重が冷房を入れてくれたが、もうなじが汗ばんでいた。久しぶりに触れられるのだと思ったら、身体が小刻みに震えだしてしまう。

単なる性欲解消のために使われているのか。だが、奉仕を強要されたことはない。

九重と向かい合わせに座り、ネクタイがだらしなく垂れ下がったまま、シャツが開かれ、汗の滲《にじ》む胸に手のひらがぴたりと貼りつく。心臓がどれだけ跳ねているか、これですべてばれてしまう。胸全体の張り詰めた筋肉を揉《も》みほぐすような動きに、瞼《まぶた》をぎゅっと強く閉じた。九重の親指、人差し指、中指が胸に食い込む。むず痒《がゆ》くて、どうしようもなく甘ったるい疼《うず》きがじわじわと胸全体を覆い尽くしていくのが、自分でも信じられない。平らな胸に触れてなにが楽しいのかと問い詰めたい気持ちがあるにはあるけれど、反論を見透かしたように火照《ほて》った乳首をいきなりつままれ、大きく息を吸い込んでうしろ手をついてしまった。

「う……」

ゆるゆると擦り立てるような指遣いが憎たらしい。きつくこね回され、押し潰《つぶ》された乳首は強い熱を孕《はら》み、ぴんとそそり勃《た》つ。そこから生まれる快感が下肢にも直結してしまうのが、悔しくてたまらない。

ろくに言葉を交わさず、ただ、肌に触れてくる。呼吸の間隔がどんどん浅くなるまで、肌の下のほうから湧き上がる熱で全身が汗ばむまで、九重は遠慮なしにあちこち探り回してくる。

——俺を辱めたいだけなのか？　どうして一方的なことをするんだ？

右、左としつこく乳首を揉み潰され、しまいには形が変わってしまいそうだ。ツキンと痛むほどの鋭い感覚にとまどい、無意識に身体を揺らしたときだった。ふいに九重が顔を近づけてきて、尖《とが》りきった胸にくちづけてきた。

「……っ、……あ……っ！」

散々指で弄《もてあそ》ばれ、深く色づいた乳首を舌先で転がされる快感に、ぎりっと奥歯を噛《か》み締めた。そこを舐《な》められるのは初めてだ。くちびるにキスされたことはあったが、それとこれとではなにもかもが違う。指で弄《いじ》られていたときよりも、口に含まれ、くちゅりと吸われることのほうが生々しくて、刺激が強すぎる。ねっとりした舌遣いに声を出してしまいたいが、なにも言わないのが暗黙の了解だ。

本郷は夢中で九重の頭をかき抱いた。そうすることでより強く胸に引き寄せてしまうが、ただおとなしくしていることもできない。両手で九重の髪を鷲摑《わしづか》みにしてやった。胸を愛撫されて感じていることがたまらなく恥ずかしく思えても、放したくない。

引き寄せたことで九重はますます胸に深い痕を残していく。尖りの根元を試すように何度か甘噛みしてから、ぐっと強く本気で噛んできた。びくりとのけぞる本郷の両手を摑んで抱き寄せてくるが、力ずくで布団に組み敷くことはしない。互いに向かい合って座ったまま、ひたすら熱に溺《おぼ》れていく。

「……ん……」

かすかな吐息がこぼれたのは、下着越しに勃起《ぼっき》した性器を握られたせいだ。滲み出す先走りで、にちゃにちゃとくぐもった淫猥《いんわい》な響きが耳を打つ。ペニスへの愛撫はもっとも直接的で、常識も建前もすべて崩れ落ちる。

「っ……は……ぁ……っ」

必死に喘《あえ》ぎを殺した。本郷の一番弱いくびれをゆるやかに指で締めつけてくる九重の呼吸が、さほど乱れていないことが無性に悔しい。

面と向かって、身体に触れることを許したわけではないのに、どうしても抗《あらが》えないのは、ここに九重の素顔があるとわかっているせいか。

やさしく扱かれる快感にゆるやかに堕ちていきながら、大きく息を吸い込む本郷の目に、多くの花たちがぼんやり映る。

――どうして、ここで俺を抱くんだろう。

薄い紙に描かれた花の中で、まやかしの快感に耽《ふけ》る。仕事で組んだ相手を辱める。それが九重にとって多少なりとものの気晴らしなのか。

「……ん、……っ！」

意識をそらそうとしたことに気づいたのか、九重が両膝をぐっと大きく割ってきて、勃ちきったペニスをいきなり口一杯に頬張った。

「こ、のえ……さ……っ」

まさか、そこまでするとは思っていなかったから、一瞬怖じけて身体をよじらせたが、腰をぎっちりと摑まれて逃げられない。

九重の口淫は容赦がなかった。指だけでとっくに昂《たか》ぶっていた性器を、じゅぽっ、ぐちゅっ、と卑猥に舐め上げ、根元から亀頭に向かってゆっくりと濡《ぬ》れた舌を這《は》わせていく。

まるで、本郷に見せつけるみたいにして。

淫猥な光景を間近に見てしまい、あっという間に昇り詰めてしまった。

亀頭からもう一度深いところまで咥《くわ》えられ、きつく先端の割れ目を吸い開かれたところで思わず射精してしまった。

「っ……ぁ……っぁ、……っ」

どっとあふれ出す蜜に九重は厭《いと》うことなく、ごくりと喉《のど》を鳴らす。油断すると、そのまま倒れ込んでしまいそうな陶酔感が全身を包み込んでいた。

立場も違う、しかも年上の男の口の中で果てたことの悔しさは、すぐに強い情欲へとすり替わった。達したばかりで、まだ余韻が抜けきっていないが、快感にぼうっと意識が霞むいまなら、臆することなく九重に触れられるはずだ。

荒く胸を波立たせ、乱れた格好のまま、本郷はにじり寄った。九重は引かない。そのことに勇気づけられ、彼の手を摑んで少し腰を浮かし、くちびるにキスした。九重だけに感じる熱っぽい弾力に、身体中がぐずぐずに蕩《とろ》けそうだ。

このくちびるが、ついさっきまで自分の下肢を嬲《なぶ》っていたのだと思うと、ぎこちないながらも何度も角度を変えて触れ合わせたくなる。

最初に無理強いをしてきたのは九重だが、自分だって逃げなかったことを思い出す。

——この部屋に最初に入ったとき、俺が九重さんの絵にいつまでも見とれていなければ、こんなことにはならなかった。このひとがなにを生み出すのか知りたかった、確かめたかった。その気持ちがなければ、いま、俺は九重さんにキスなんかしていない。

九重がうなじに手を回してきて、やさしくくすぐってくる。彼がしてくれるキスに比べれば軽いものだが、くちびるの表面を触れ合わせるだけですぐにまた昂ぶってくる。

震える手で九重の胸に触れ、そのままゆっくりと下肢へと指を辿らせていった。ラフなパンツを盛り上げる硬く大きな熱に指先が触れただけで、頭がおかしくなりそうだ。

自分がいまからなにをしようとしているのか、こんなことをしてしまったらもう二度とあと戻りはきかないと理性が歯止めをかけても、たぎるような本能に押し潰されてしまう。

本郷の意図を悟ったのか、九重がゆるく膝を崩した。その動きと一緒に彼の穿《は》いている下着を脱がせ、びくん、と先端が強く跳ね出る男根の逞《たくま》しさに息を吞んだ。

自分のものとは全然違う。大きく張り出した笠とくびれの差が極端で、竿《さお》も太く長い。骨っぽくがっしりした体軀《たいく》にふさわしい巨根で、片手だけで握るのが怖くて、おそるおそる両手で摑んだ。前に、互いの性器を触れ合わせたことがあったが、直視するのは今夜が初めてだ。濃い雄の匂いとたまらない熱にそそのかされ、おずおずと口に含んでみた。

「……っ」

かすかな吐息が頭上からこぼれ落ちてくる。口の中で跳ねる九重のそれは、どう頑張っても真ん中ぐらいまで含むのがやっとの大きさだ。それでも、やめたくない。

同性のものを愛撫するなんて、ほんとうに生まれて初めてだ。手を出してはみたものの、どうすればいいのかわからない。ちらっと目線を上げると、仄《ほの》暗い室内でかすかな光を宿す九重と目が合った。鋭い目縁にはまぎれもない情欲が宿り、胸が高鳴る。

——このひとも、こんな顔をするのか。

自分がしてもらったことをできるかぎり思い出して、同じようにしてみればいい。そう考えて、両手で摑んだ肉棒の先端にくちづけた。割れ目からこぼれるとろりとした滴の濃さが、舌の上に残る。その味につられ、亀頭をゆっくりと舐め回した。ちろちろと尖らせた舌先でくびれを辿り、太く浮き立つ筋も丁寧に舐め取っていく。

「……ん……」

「……あっ……」

根元まで舌を這わせると、くしゃりと髪を撫でられた。髪を梳《す》かれるという他愛ない行為がひどくやさしく感じられて、つたない口淫にますます溺れてしまう。

感じてほしい、その一心だった。自分みたいな男にあっさりと手を出してくるぐらいなのだから、九重の男女関係は相当激しいものだと思う。

——もっと上手に誘えるひとがいるかもしれない。雰囲気づくりも、テクニックも、俺よりもっと上手なひとがたくさんいるはずだ。

でも、いまは、自分の気持ちにひたむきになるだけだ。根元のやわらかな部分を舐めているうちに、少しずつ、九重の呼吸が浅くなっていく。ここが彼の感じる場所なのだろうかとさらに執拗に舌を遣うと、髪をきつく摑まれるようになった。

「……ん、……ふ……っ」

大きなものを咥え込み、息するのもつらい。ぬめった亀頭が上顎《うわあご》をぐっぐっと淫猥に擦り、狂おしい疼きを孕ませていく。自分から奉仕しているのに、口の中で感じるとは思っていなかった。それに勘づいたらしい九重が顎を支えてきて、上向きに反り返る肉棒を激しく出し挿れする。甘苦しい疼きが口の中全体に走り、つらいほどに気持ちいい。

「——あ……う……」

ひくっ、と下肢で自分のものが再び硬くなっていくことに羞恥を覚えながら、九重のそこに顔を埋め続けた。唾液と先走りでぬるぬるになった肉棒に強く吸い付くと、九重が両手で頭を押さえ込んでくる。

「……っ……」

「……ん、ん……っ！」

どっと熱いほとばしりを口一杯に放たれ、なにも考えられない。噎《む》せそうになるのを懸命に堪え、九重がしてくれたのと同じように飲み込んだ。

誰かの、しかも同性のものを愛撫し、精液を飲むことまでやってのけるなんて、いままでの自分では考えられなかったことだ。

朦朧《もうろう》とする意識で残滓《ざんし》まで舐め取り、ようやく身体を起こすと眩暈《めまい》がしてふらつく。すんでのところで背中を支えてくれた九重に身体を預け、深く息を吐いた。

どんな理由を基にして、互いを求めるのだろう。彼の絵を欲しがった代償の延長線上にある行為なのか。その答えが知りたいけれど、いまはまだ理性を取り戻すより、冷めやらない熱に浸っていたい。きっと、その気持ちは九重にもあるのだろう。

九重に触れていた間にすっかり硬くなっていた本郷のそこに、もう一度触れてくる。本郷もみずから抱きついた。

名前を呼びたかった。なにか言いたかった。

けれど、なにも言わないのがここでの約束だ。

さっき目にした、深い熱に溺れる九重の顔がどうしても忘れられない。

あの顔を、他人に見せたくない。熱っぽい吐息を他人に聞かせたくない。

——このひとが欲しい。

声にしないでそっと呟いた。

胸に根付いたこの想いは、独占欲というものなのだろうか。


『名もない花をふと目にしたとき、清楚《せいそ》な美しさに言葉が出なくなる。陽の光を浴び、雨に打たれても、可憐さを失わない花を小さな束にして、誰かに贈りたくなる。九重鎮之の描く新たな花たちには、そんな力がある。』


文字量はきっちり百文字。何度も悩んだ末に書き上げた原稿を副編の富田がじっくりと読み、つと晴れやかな笑顔を向けてきた。

「お疲れ様。ラッキーセブンらしく、いい原稿だよ。百点満点まではいかないけど、七十点の出来。初回は、これでいこう」

「ほんとうですか？　ありがとうございます」

「どういう心境の変化があったのかな？　以前は表面的なことしか書けなくて苦労していたようだけど、ちょっとずつメランコリックな雰囲気が出てきたじゃないか。文章だけでも、結構、想像力をかき立てられるよ。この雰囲気、これからも大事にしていこうよ」

「はい、頑張ります」

七回目にして、ついにオーケーをもらえた嬉しさに声もうわずる。できあがったばかりの原稿を即座に入稿し、校了時には富田班に所属する編集部員たちが全員読んでくれた。

「バリバリにお堅いフロンティアから来たときはどうなるかと思ってたけど、頑張ったねえ。異動一か月でこれなら、十分やっていけるよ」

「そういえば最近の本郷さん、前よりずいぶんやわらかい雰囲気になったよな。もしかして、彼女でもできたか？　もともといい顔してるもんな」

「いやそんな。新しい場での仕事を覚えるのが精一杯で、とてもそこまでは」

同僚の茶化す声に笑いながら返す本郷自身もまた、――確かに変わったかもしれないな、と思う。

前だったら、どこに新デートスポットができたとか、レストランで旨いところはここだとか、趣味と実益を兼ねたブラストらしい会話に耳も貸さず、ただ必死に九重の絵を見つめ続け、なんとか自分らしい原稿を書こうということだけに専念していた。

だが、最近やっと余裕が出てきて、他の編集者たちと食事に行くようにもなったし、仕事の合間のちょっとしたお喋りにも参加するようになった。

慣れない場所に、ようやく居心地の良さを見つけたとでも言えばいいだろうか。以前は周囲に目をくばる余裕もなかったが、ようやく馴染《なじ》んできたブラストで、日々、ほんの少しでもいいから自分なりに成長していきたいと思っている。

富田から初めてオーケーをもらった嬉しさが、いまの自分を浮かれさせているのだろう。苦笑したが、硬い殻のひとつが破れた気分はそう悪くない。

仕事での確かな成果を手にした余韻が消えないうちに、都内で一番おいしいと評判の最新のスイーツ情報を他の編集者から教えてもらい、翌日、手みやげをぶら下げて九重宅を訪ねた。

日々、九重は仕事に追われており、三日ごとに本郷が掃除や洗濯、食事の支度をしている間は、アトリエに閉じ籠《こ》もりきりだ。

だが、鼻が利くのかどうだか、夕食ができあがる寸前にはタイミングよくアトリエから出てきて、「よう、お疲れ」と声をかけてくる。

お疲れ、という言葉を彼の口から聞くようになっただけでも、自分たちの関係はずいぶん安定したんじゃないだろうか。

「今日のデザートはなんだ？」

「白玉あんみつです。黒蜜がすごくさっぱりしていて、男性にもウケているらしいんですよ」

「ふーん、あんみつか。子どもの頃、食って以来だな」

プラスティックのカップに入った白玉あんみつを塗りが綺麗な陶器に移し替えた。食べるものに合った食器があると、ささやかながらも心が豊かになることを、九重から教わった気がする。

「あ、そうだ。今日、ブラスト最新号の見本が上がってきたんですよ。九重さんの連載の第一回目が載っています」

あんみつを食べながら見本誌を渡すと、九重は巻頭から丁寧にページを繰っていく。一気に読み飛ばすかと思っていたので、ちょっと意外だ。

「これか」

雑誌終盤のほうにある一ページをちゃぶ台に開いて、九重はスプーンをくわえたまま真剣な顔で覆い被さっている。見た目には微笑ましいが、九重としても連載第一回目だけに気が抜けないのだろう。

ページ構成としては、九重のイラストをメインにしている。題字も、つてを辿って著名な書道家に書いてもらおうかという案があったが、扱うイラストがいつもの墨絵ではなく、繊細で女性にもウケそうな花々なので、そう堅苦しくないデザインにしてもらった。

九重本人に関する情報はプロフィールのみで、本郷が毎回百文字でコメントをつける。文章に厳しい富田から七十点をもらったコメントを、九重はどう感じるのか。判定が下されることに胸をどきどきさせながら、熱いお茶のお代わりを淹《い》れた。

たっぷり三分も経った頃だろうか。九重が顔を上げて微笑《ほほえ》んだ。

「初回としては、まあまあいいんじゃないのか」

「ホントですか？」

「前に見せてもらったのよりはずいぶんマシだ」

憎まれ口を叩《たた》かれても、九重の笑顔に勇気づけられる。

「誰かに贈りたいって書いてもらったのは、初めてだな」

「俺が最初に九重さんの野の花を目にしたとき、そう思ったので。九重さんは無造作に扱っているけど、あの花のひとつにリボンをかけて誰かに贈りたい気持ちになりました。それを、読者にも感じてほしかったんです」

「言うようになったな」

九重がちいさく笑う。横柄で、こっちの都合など考えずに呼びつけて馬鹿騒ぎに巻き込んできた最初の頃とは、あきらかに態度が変わった。

――俺が、言い付けどおりに身の回りの世話に従事しているからだろうか。

相変わらず桜の大作に手をつける気配はないようだ。ブラストに掲載されたイラストや、ナイトシステムのキャラデザインといった目先の仕事に追われているのだろうが、彼本来の力を余すところなく感じられるのは、やはり墨絵だと思う。

――いつになったら、あの絵に手をつけるんだろう。でも、彼は、未完の大作でもいいじゃないか、なんて言っていた。

一度は手をつけておきながら、埃《ほこり》をかぶったままにして、いずれ忘れてしまうのだろうか。

そんなことがほんとうにできるのだろうか。

――描き上げたいという情熱を失ってしまったんだろうか。九重さん自身、あの絵に納得がいかないいんだろうか。

疑問は尽きないが、無遠慮に聞くことはもうしたくなかった。本心では、どうかあの絵を描き上げてほしい、そして見せてほしいと言いたいのだが、微妙ながらもなんとかバランスを保ってつき合えるようになったいま、わざわざ自分から水を差したくない。

「次は二週間後か。イラストのほうは明後日頃には上がる」

「助かります。今度もコメント、頑張りますから」

どうでもいいことを喋りながら甘いものを食べ、仕事の進捗《しんちょく》状況を互いに話す。それからほどよく時間が経ったところで、今夜も手を摑まれた。それだけでもう、体温が一、二度上がりそうだ。求めてくる夜とそうでない夜の違いがなんなのか、本郷にはわからない。ただ、九重がその気になっているだけだと思うようにしていたが、手を摑まれて寝室についていくのは、もう自分の意志だ。

すべての羞恥心を消すことができないから、足取りは多少遅いが、九重に触れられるだけで身体中が火照るような感じ方を覚えてしまった。忘れられなくなってしまった。

自宅でひとり眠るときにも、たまに九重の手の感触を思い出して、抑えきれない疼きに顔を赤らめることが何度もある。

――きっと、彼にとっては気晴らしのひとつで、簡単な性欲解消の手段なんだろう。

無理やりにでもそう思わなければ、だんだんと熱っぽさを増す手つきによからぬ想いを寄せてしまいそうだ。

今夜も、花が散らばる寝室で互いにくちびるを寄せ、肌を触れ合わせた。紙に描かれた花に香りはないけれど、九重から匂い立つ男っぽい色香だけで十分だ。自分を抱く手で、九重は花々を描く。そう考えただけで、過敏な反応を示してしまう。

「……っぁ……！」

九重の手が胸を這い、下肢にまで下りてくる。熱い手のひらが胸をかすめるだけで、肌がざわめく。ぎりぎりまで昂ぶらされて彼の口の中で達し、今度は九重に本郷が同じことをする。

抱き合っている最中は意識が蕩けてしまいそうなほどに感じるが、他人の身体を借りたマスターベーションのようなものだと思うと、やるせない。ここからもう一歩先へ駒《こま》を進めるためにはどうしたらいいのか。プライドも恥も捨てて、すがりつけばいいのだろうか。

――そうすれば、ほんとうの意味で九重さんは俺を抱いてくれるんだろうか。

馬鹿な考えに、苦笑いすることもできない。たとえ、身体をすべて征服されたとしても、心が通じていなければ、勝手にひとり楽しんでいることと変わりない。

――俺は、このひとと心を通じ合わせたいのか。でも、どんなふうに？　ただこんなふうに手軽な快感をやり取りするだけじゃなくて、もっとたくさんのものを分け合いたいのか？　ただ、彼の気を紛らわす道具のひとつじゃない存在って、なんだ？　恋人になりたいのか？　同性なのに？

　ふっと浮かんだ考えに、いきなり鼓動が跳ねる。それに素早く気づいたらしい九重が簡単に身繕いしたあと、うなじを支えて耳の脇にキスしてきた。

「どうした、なにを考えてる？」

「え……」

　低い声が、身体の奥深くにまで浸透する。こんなやさしいキスをされるのは初めてだったし、この部屋で言葉を交わすのはタブーだったのではないだろうか。

　九重と熱を交わした直後ではっきりとした声にならなかったが、なにか言わなければと気ばかり焦る。

「あの……、一度聞いてみたかったんですが、どうして絵を描こうと思ったんですか。日本画を目指すようになったきっかけって、あるんですか？」

　つかの間、九重が黙り込んだので、そのまま無視されてしまうかと思ったが、「ああ、あるよ」と返ってきた。

　薄闇に慣れた視界に九重があぐらをかいているのがぼんやり映る。

「俺の叔父が昔から趣味で絵を描いていたんだ。ここにあるような目立たない花々を描くのが好きなひとでさ。子ども心にも、真摯《しんし》さが伝わるような絵だったんだ。それで俺も真似して、よく叔父と一緒にスケッチするようになった」

「へぇ……」

九重が昔話をしてくれるとは思っていなかったから、つい、聞き入ってしまう。

「俺は一度熱中するとのめり込むタイプで、絵を描く楽しさに没頭した。小学校のときに風景画を描く授業があったんだ。俺は学校の近くの桜並木を描こうと思ったんだけど、普段使っている絵の具じゃ、思うような桜が描けなかった。それで、思いきって墨絵で描いてみた。それが結構評価されて、県のコンクールで優秀賞を獲ったあたりから、俄然《がぜん》、日本画のおもしろさに目覚めたってところか。……でも」

「でも？」

思わせぶりな場面で口を閉ざしてしまった九重に詰め寄った。

「でも、なんですか、その続きは」

「おまえもたいがいしつこいな。なんでそんなに俺の話を聞きたがるんだよ」

「それは……」

呆れ顔の九重に、今度は本郷が言葉に詰まった。

惹かれていることを認めつつある最中だからだ、と言えればたいした強心臓だ。いくら互いの距離が近づいていることを感じていても、さすがにそれは言えなかった。

九重がなぜ、自分に触れてくるのか。『とくに意味はない』と言われて冷たく突き放されるぐらいなら、苦しい想いを抑え込んででも、そばにいたい。

「九重さんのことをもっと知っておいたほうが、今後の仕事にも役立つと思いますから」

「まあまあの答えだな」

九重の笑い声にどことなく棘《とげ》があることに、知らずと眉をひそめた。

「叔父が描く野の花は傑作だった。俺が描くものよりずっと優れていたよ。『同じように見えても、ひとつひとつに素晴らしい個性がある』、それが叔父の口癖だったんだ。俺は叔父を尊敬していた。ガキの頃から俺は身体も態度もデカかったから、教師も扱いにくかったんだろう。俺にしたって、いろんな生徒を十把一絡げにみなす学校は窮屈だったんだ。だから、個性を重んじる叔父の言葉は嬉しかったんだ」

さらには、絵の才能を一気に開花させたことで、九重は誰よりも抜きん出た存在になったのだ。そのことで、九重は孤独を感じただろうか。自分の中にある才能を磨けば磨くほど、周囲がある種の畏怖感とともに遠ざかっていくことを肌身で感じただろうか。

幼い頃の九重を想像しようとしてもうまく浮かばないが、独特の威圧感は生まれつきのものなのだろう。だとすれば、同年代の子どもともなかなか打ち解けられなかっただろうし、教師たちが手を焼いたというのも、なんだかわかる気がする。

「……あの、それで？」

黙り込んでしまった男をうながしたが、答えは返ってこない。

深いため息をついた九重が、「おまえ、もう帰れ。俺は眠い」と言って顔をそむけ、ごろりと寝転がる。

「九重さん」

返答を拒む背中に、ため息をついた。

こうなったらもう、九重から話を聞き出すことは無理だ。機嫌を損ねると口をつぐむあたりがまるで子どもっぽいと思うが、自分とて、無遠慮に彼のプライベートに深く立ち入ろうとしていることは自覚している。

少し近づけても、ふとしたことで離れてしまう結びつきの弱さがどうにももどかしかった。

今日はこれ以上、追い詰めないほうがいい。

「俺、帰ります。また、三日後に来ますから」

挨拶《あいさつ》がないことに諦め、本郷はそっと部屋を出た。


九重《このえ》の過去が気になる、という考えが一度根付いてしまったら、頭から離れなくなってしまった。過去を探るといっても探偵じゃあるまいし、下手にあら探しをするような真似はしたくない。

だが、叔父のことを語っていたときの九重はあきらかに苦痛の表情をしていた。絵の手ほどきをしてくれた相手に、なにを想っているのだろう。いまはもう、つき合いがないのだろうか。

九重本人について詳しい人間が近くにいるわけではないので、仕方なく、本郷《ほんごう》は社内の資料をあさったり、インターネットで九重の過去の作品の流れをより詳しく調べてみたりした。

九重に対する批評は山のようにあった。そのひとつひとつに目をとおしているうちに、いささか混乱してきた。

九重は最初から桁違《けたちが》いの扱いを受けてきた。若き天才との呼び声高く、最初に発表した桜の大作は日本画界の重鎮も唸《うな》らせる出来映えだったようだ。けちをつける隙《すき》もないほどの見事な桜に、誰もが九重の今後の活躍におおいに——ある意味では過剰に期待を寄せた。

九重はその後も、一、二年置きに桜を描いた。もちろんその間、他の絵をまったく描かなかったわけではない。本郷が九重宅の寝室で目にしたような、やさしい野花もときどき描いていたようだ。ただ、それらに対する評価があまりよくないのだ。極端なものになると、『九重は重厚な桜を描ききる能力を持つ作家だけに、素朴な路線に走るのは画家の手慰みだ。あたら貴重な才能を薄めることにしかならないと誠に残念に思う』とまで酷評されている。

——誰がなにを描こうが勝手じゃないか。

批評家の言葉がすべて間違っているとまでは言わないが、ひとつのものしか認めないという見方は、若い頃の九重にとっても重荷だっただろう。

だから、桜から離れていったのだろうか。あまりにも周囲の期待が大きすぎて、他の絵を描いても認められず、『桜だけ描いていればいいんだ』と言われて、だんだんと疲弊してしまったのだろうか。

いまでこそ、九重の名声は揺るぎないものとなり、あのやさしいタッチの花々も、新鮮な驚きとともにひとびとに受け入れられている。けれど、昔、散々叩《たた》きのめされた傷がいまだ癒えていないから、九重も、あの絵をブラストに出すことを一瞬渋ったのだろう。

長いこと仕事をしていれば、浮き沈みのひとつやふたつは誰にでもある。だが、九重のように才能だけで勝負する世界で沈むことは命取りになりかねない。

さまざまな資料に目をとおしたことで、九重は常人には量り知れないプレッシャーと闘ってきたのだとわかった。だが、一番肝心なところは曖昧《あいまい》なままだ。

――ほんとうにもう、桜は描かないいんだろうか。周囲にあれだけを求められた重みに耐えきれなくなったんだろうか。だったら、なぜ、仕事場の桜をあのままにしている?

ひとり頭を抱えて考えても、これといった答えは出てこず、疑問は大きくなる一方だ。

資料にも、インターネットのどこにも書かれていない九重の本心を知りたいなら、直接、当人にぶつかるしかない。

自分でもたいがい鬱陶《うっとう》しいと思うが、九重のなにかが吹っ切れていないような態度にはどうしても違和感を覚えるのだ。

三日後、今度は冷やして食べるとおいしいと同僚に太鼓判を押された最中を持参して、九重宅を訪ねた。この間は白玉あんみつで、今日は最中。渋い差し入ればかり続いていることに、九重も可笑《おか》しかったらしい。先日の不機嫌な表情を隠して、笑いかけてきた。

「うちが和風の家だからか」

「そうかもしれません。でも、なんとなく九重さんは和菓子と日本茶が合っているような気がして」

実際、ここで飲むものは酒以外だとたいてい日本茶だ。

夕食を食べ、デザートに冷やした最中と熱々の日本茶を平らげたところで、沈黙がふたりの間に落ちた。

平穏な時間を壊したくない。そう思ったが、気になっていることをいつまでも胸に押し込めていられるほど気が長いわけでもない。

――臆せずに聞けばいい。九重さんが好き勝手に俺の身体に触れてくるように、俺も九重さんの心に触れてみればいい。

「九重さん、この間の話なんですけど」

「この間の話ってなんだ」

さらりとかわされた。もしかして覚えていないのだろうかと思ったが、顔をそむけて煙草を吸い出す無表情さに、わざと話をそらそうとしているのだと確信した。

「九重さんの過去のことですが……お気に障ったらすみません。この間、途中で話が切れてしまったことが気になって、九重さんのデビューからいままでの経緯をざっと調べました」

「なんかおもしろいネタでも出たか。夜な夜なクラブで馬鹿騒ぎしているとか、女遊びが激しいとか」

「そういうネタはチェックしませんでした。九重さんがどういう絵を描いてきて、どういう評価を受けてきたのかということについて知りたかったんです。……桜の大作でデビューされたあと、他の絵も描かれて、厳しい評価を受けたことも知りました。でも、ほんとうのところがわかりません」

「なにがだよ」

　煙草を吸い尽くした九重は眉根を寄せている。

　これ以上なにか言ったら、またしても気を悪くさせるのだけは間違いないとわかっていたが、もう一歩、九重の中に深く踏み込みたかった。

「九重さんご自身のお気持ちがわかりません。なぜ、桜を描かれなくなったんですか？　批評家たちや周囲のプレッシャーに負けたというわけではありませんよね。現に、仕事場には描きかけの桜があります。あれを手元に残しているのに、いまの九重さんはあえて他の仕事に目を向けているような気がします」

「なにが言いたいんだ？」

「無礼を承知で言わせてください。いまブラストで描いてくださっている野の花も、ゲームのキャラデザも九重さんならではの魅力があるのは確かです。ですが、原点である桜のシリーズを無視しているいまの九重さんがベストな状態だとはどうしても思えません」

「本郷、おまえ……」

低い唸り声に、ぞくりと背筋が震えた。さすがに言い過ぎたろうか。だが、いまさら前言撤回することはできない。

「教えてください。絵を手ほどきしてくれた叔父さんは、九重さんにとっていわば師匠にあたる方ですよね。いまはもう、おつき合いはないんですか。九重さんに助言してくれることはないんですか？」

畳みかけると、九重が忌々しそうに舌打ちして睨《にら》み付けてきた。

「……そこまで突っ込んでくる奴は初めてだよ。聞きたいなら、話してやる。だが、一切口答えするなよ」

抜き差しならない言葉に、ついに核心に触れられた気がした。しかし、想像していた以上に殺伐としたものになりそうだ。

「確かに俺は叔父に手ほどきを受けて、絵を描く楽しみを覚えた。叔父に勇気づけられて、ますます絵にのめり込んだよ。なにを描いても大きな賞を獲るのが当たり前になってきて、もっと高みを目指してみたいと思った。それで美大にいた頃に、桜の墨絵をさらに大胆な構図で描いた。そのときの絵が俺のプロの日本画家としての最初の一枚だ。日本画界における新進気鋭の若手だとか鬼才だとかニュースになって、叔父もめちゃくちゃ喜んでくれたよ。俺はもともと生涯、絵で食っていくつもりだったから、最初の一歩が華々しいことに不満はなかった」

だけど、と九重は片膝をついて顔をそむけた。

「それからは、なにを描いても、桜のシリーズだけに焦点が当てられた。ああいう大作は早くても一、二年に一枚描ければいいほうで、俺は他にも描いてみたい素材があった。でも、デビュー作にインパクトがありすぎたんだろうな。ここにあるような野の花も、実際、一度か二度メディアに取り上げられたことがあったんだが、『九重が描くにしては無難すぎる』『誰でも描けるようなものを描くな』って散々あちこちで酷評を浴びたんだよ」

「……そうだったんですか」

やはり、インターネットや資料で見かけた酷評は本物だったのだ。

天性の才能を生かして華やかにデビューした九重に、世間は期待したのだろう。だが、一作目の重圧が想像より遥かに大きかったのだと知り、言葉もない。描いても描いても認めてもらえない苦難を、九重はごまんといる他の画家より、ずいぶん遅れて知ったのだ。最初の作品以外、すべてをけなされるという皮肉な形で。

——俺自身、叩《たた》かれる厳しさはわかっているつもりだ。苦労して何度原稿を書き直しても突っ返されたときは、自分には書く能力がないんじゃないかと責めたほどだ。でも、俺と九重さんとではあきらかに立場が違う。

編集者としてひとつの記事を書き、そのあと、他の部員たちと力を合わせて雑誌をつくる自分と、ひとりきりで絵と対峙《たいじ》する九重とでは、世の中に出たときの風当たりがあまりにも違いすぎる。

それが九重の望んだ道だとしても、たったひとつのものだけをいつまでも求められるつらさは、きっと本人にしかわからない。

「酷評を受けても、俺はむきになって絵を描き続けた。桜の絵も、一、二年に一枚はかならず描いていた。でも、三十代に入ってもその他の作品は相変わらず認められなくて、……まあ、軽いスランプに陥ったんだ。もっといろんな絵を描いてみたいのに、世間が求める『九重鎮《しげ》之《ゆき》』っていうのは、たった一作だけなんだろうかってな。叔父が病死したのは、ちょうどその頃だ。いまから五年前のことだ」

五年前と言えば、九重が桜を描くことをやめてしまった時期と重なる。

九重に描くことの楽しさを教えてくれた叔父が亡くなってしまったことで、さらに心の置き場を見失ったのか。

案ずる本郷の胸の裡《うち》を読んだのか、九重は乾いた声で笑う。

「おまえが考えているとおり、俺は叔父の死にショックを受けた。でも、叔父の遺品の中から俺の桜の絵を模倣したものがいくつも出てきたときには本気で目を疑ったよ。絵の世界で、他の作家のタッチを真似ることはよくある。でも、叔父の遺した絵は違った。構図も、筆遣いも、墨の薄れさせ方もそっくりだった。そのとき、やっと気づいた」

「……どんなことにですか」

「叔父は、俺を憎んでいたんじゃないかってな」

誰にも文句をつけさせない迫力で日本画界を揺るがした九重の成長を嬉しく思うのではなく、憎んでいたのだと鋭いまでの言葉が胸に突き刺さる。

「でも、九重さんに絵を教えてくれたひとでしょう。憎んでいたなんていうのは、単なる思い違いじゃ」

「考えすぎだろうと自分でも思ったよ。でも、俺がデビューして以来、叔父は野の花を一切描かなくなっていた。その代わり、ひそかに俺と同じ桜を描き続けていたんだ。――俺はなにをした？　どこから憎まれるようなことをしていたんだ？　最初からか？　桜を描き出した頃からか？　俺を褒めながらも、心の中じゃ疎んじていたのか？　俺のほうこそ、叔父を誇らしく思っていた。俺は桜の絵でしか評価してもらえない。それこそ一発屋みたいなものだってけなしてきた奴は山のようにいた。でも、叔父は名もない花を自分の楽しみのためだけに描き続けていた。いつかは俺自身、そういうふうになりたい、そう思っていたんだ。なのに」

激する口調に飲み込まれそうだったが、本郷も瀬戸際で踏ん張った。

「叔父さんが九重さんの絵を模倣していたとしても、憎んでいたという証拠にはなりません。それこそ、思い込みも甚だしいんじゃないですか。叔父さんは叔父さんなりに、九重さんの絵に憧れたという考えもあるじゃないですか」

「おまえにはわからないよ。生前の叔父は、なにより個性を大事にするひとだったんだ。いくら甥の俺に自分とは違う才能があったとわかっていても、模倣は絶対にしなかったはずだった。だけど、それをあえてしていたってことは、自分の描く花々を見限って、俺の才能を妬《ねた》んで憎んだということだ」

「自信過剰なのもいい加減にしてください！」

傲慢《ごうまん》すぎる言葉に火が点《つ》いた。いくら想いを寄せている相手でも、ここまで上段に構えられたら黙っていられない。

「ご自分でそこまで言いますか。確かに九重さんの桜には、他の誰も真似できない強さがあります。じゃあ、ここにある野の花はいったい誰のために、なんのために描き続けているんですか？　これこそ、叔父さんが手ほどきしてくれた花の描き方だったんじゃないですか。なのに、妬まれていたと勝手に思い込んで、ご自身の代表作から遠ざかっているのに、あなたは叔父さんが教えてくれた名もない花を描き続けている。矛盾も甚だしいじゃないですか……！」

語尾が思わず跳ね飛んだ。九重に強く頰《ほお》を張られたせいだ。

「それ以上言うな。おまえになにがわかるんだ」

ぎらりと九重がまなじりを吊り上げる。

殴られた痛みよりも驚きのほうが大きくて呆然《ぼうぜん》としている隙に手をきつく摑《つか》まれ、寝室に引っ張り込まれた。九重がのしかかってくる勢いで、花を描いた紙がばさばさと吹き飛んだ。抗《あらが》う間もなく、くちびるがぶつかってきた。

デリケートな部分を踏み荒らした罰だとでもいうのか、強く噛《か》まれて痛みに呻《うめ》いた。力一杯、彼の背中を叩いたが、鍛えた男の身体はびくともしない。

「やめてください、九重さん——やめてください！」

荒々しく舌を絡め取られて息苦しさに喘《あえ》いでいる間に、衣服を乱暴に剝《は》ぎ取られた。あまりの激しさにシャツのボタンが弾け飛び、身体が竦《すく》んでしまう。

「九重さん……！」

「黙れ。痛い目に遭いたくないだろ」

「……っう……く……！」

みずからも裸になった九重が四肢をきつく絡み付けてくる。甘い疼《うず》きを残すようないつものやり方とは違い、身体の奥底にこもる熱を徹底的に暴くような強引さが怖い。

甘さの欠片《かけら》もない感じで性器を触られ、突然の行為に本郷がなかなか反応できないことに苛《いら》立《だ》ったのか、九重は一度身体をずらし、おもむろにペニスをしゃぶり立てる。

「あ、……あぁ……っ！」

じゅるっと舐《な》める音に耳たぶまで熱くなった。

いつもより急《せ》いた攻め方に声が嗄《か》れてしまう。強すぎる愛撫《あいぶ》が淫蕩《いんとう》な炎となって全身を燃え上がらせる。亀頭の割れ目を舌先でくにゅりと押し開かれると、どうしても声が殺せない。

「ん、――ん……ぁ……、こ、のえさ……っ」

濡《ぬ》れた指が尻の窄《すぼ》まりをもどかしく弄《いじ》り回し、ぐっと上向きに挿ってきたときには涙があふれそうだった。初めての感触に薄い吐き気と恐ろしさを覚え、なんとか逃げようとしたが、力ずくで腰を引き戻された。長い指で窮屈なそこを無理やり拡げられ、性急にほぐされた。いままでは互いに性器に触れて達していただけなのが、ほんとうの意味で繋《つな》がる――犯されるという事実に、油断すると泣き出してしまいそうだった。

――こんな結末を望んだんじゃない。こんなふうに抱かれたかったんじゃない。でも、俺が九重さんの怒りを煽《あお》ったんだ。

「う……」

指を一本飲み込むだけでも苦しいのに、九重は二本、三本と増やし、ぐしゅぐしゅと出し挿れする。こんなことをされても絶対に感じないと思っていても、九重の追い詰めに慣れていない身体はあっという間に昂《たか》ぶり、肉襞《ひだ》を擦られるたびに張り詰めた性器から熱い蜜がとろっと垂れ落ちる。

汗ばんだ髪をかき上げた九重が、鼻先を近づけてきた。勃《た》ちきった逞《たくま》しい肉棒の先端が窄まりをいまにも犯すように、ぬちゅぬちゅと卑猥《ひわい》に嬲《なぶ》ってくることに気が狂いそうだ。

「おまえも俺を憎めばいい」

「……っ……あ、……──あ、あっ……!」

剣呑《けんのん》な声とともに、ずくん、と一気に刺し貫かれた。いっそ、気を失えればいいと思うほどの苦痛に、身じろぎすることもできない。男同士の繋がりにまったく慣れていない身体は固く九重の侵入を拒むのに、相手も容赦なく、汗が浮かぶ胸をぴたりと重ね、最奥までみっちりはめ込んでくる。まるで、太く熱い楔《くさび》で串刺しにされたような痛みに、涙がこめかみを伝う。

「泣いたからって許すと思うか? 心底、憎めよ。俺を最低の男だと罵《ののし》ればいい」

「う、……あ、……んぁ……っ」

尻の奥深くまでねじ込まれ、九重が少し動くだけでも引き裂かれるような痛みが走る。悲鳴に近い喘ぎをふさぐためか、くちびるを吸い取られたあたりで、激痛に複雑な快感が入り混じるようになった。

九重に本気で抱かれたらどうなるのだろうという馬鹿げた疑問を、身体で実際に覚え込まされることになろうとは。

腰から下がどろどろに蕩《とろ》けるような熱いうねりを、どうすることもできない。痛みなのか、快感なのか判別もできない。途方もない深みのある感覚に頭の中まで沸騰しそうだ。

九重が腰を摑んで、大きく動き出す。それまでぎちぎちにはまり、肉洞の奥まで充血させていた男のものがずるっと抜け、もう一度深々と刺さったとたん、背骨がたわむような激痛と快感が脳天を貫いた。

「あっ、あっ……も、お、やめ……っ」

がむしゃらに突き上げてくる男の勢いについていけず、本郷は彼の首にしがみついて啜り泣いた。

本郷が受ける痛みに九重が気づいていないはずがないのだが、荒っぽい蹂躙《じゅうりん》は止まらない。しまいにはペニスを強く扱いてきて、本郷が息を詰め、暗黒と隣り合わせの絶頂に突き落とされることを確認すると、もっと荒々しく貫いてきた。きわどいところまで引き抜き、ずくん、と裂くように突いてくる。

「あ……う……っ」

激しい挿入に未熟な粘膜が火照《ほて》り、残酷なまでに九重の大きく張り出した亀頭や太い竿《さお》、熱い感触のすべてを覚え込もうとしていた。

苦しげに喘ぐ本郷を押さえつけ、九重は勝手に動き続ける。それからひとつ息を吐くと、ぐっと背中を丸め、ずしりと重たい精液を撃ち込んできた。口の中で受け止めるよりもずっと生々しいそれに声も出ず、いまにも神経が焼き切れてしまいそうだ。

たっぷりとした精液でひどく摩擦した本郷の窄まりの奥まで濡らし、九重は暴力的な繋がりに楔を深く打つ。

手荒い陵辱《りょうじょく》に、心と身体がばらばらに砕け散りそうだった。けれど、どんなにひどいことをされても、意識の糸の最後の一本がぴんと懸命に突っ張る。

いる。

——この手が、美しい花を描く。怒りに任せて殴って蹴《け》りたいならそうすればいいのに、九重さんは俺を抱いた。無理やり抱いた。殴って痛めつけるよりも、犯すことのほうがより屈辱的だとわかっているんだろう。憎めるものなら憎みたい。できることなら、とっくにそうしている。

涙にぼやける視界には、散らばる紙が、清楚《せいそ》な花々が映る。

絵を描くことの楽しさを教えてくれた叔父に憎まれていたのが事実なら、素朴な花々ともきっぱり縁を切り、自分らしい揺るぎのない墨絵を描けばいいだけだ。

なのに、九重はそれができず、本来の強みを見失い、迷い悩んでいる。

辛辣《しんらつ》な言葉で叔父を罵ったものの、九重自身にも触れられない心の底ではどうしても憎めないからこそ、日常の花を描き続けているのだろう。そうすることで、荒ぶる心と折り合いをつけようとしているのか。大作ばかり評価される自分を忘れようとしているのか。

だが、それをいま彼に言ったところで、冷静に理解してもらえるとは到底思えない。

アトリエで、描きかけの桜が埃《ほこり》をかぶっていた理由がやっとわかった。時間を忘れるように女性と派手に遊ぶ理由も、これでわかった。

強い芯を持っている九重の胸の中には、誰よりも繊細で孤独な深淵《しんえん》があるのだ。

『野の花は慎ましやかに見えるが、よくよく顔を近づけてみると、濃い花びらの奥に複雑な形の雌しべが隠されており、驚くことがある。今回の花も、そうだ。雑多な環境で生き延びるための命の逞しさが野の花の魅力だ。』

『花が開くまでそれがどんな形か色かわからない。蕾《つぼみ》がほころび、薄い香りを漂わせて開く間、私たちは絶えず忙しく過ごしている。そしてある日ふと、このような可憐な花の存在に気づき、時の流れの速さを噛み締めるのだ。』

「最近、いいねえ。回を追うごとに雰囲気が出てるコメントになってるよ。どうしたの、プライベートでいいことでもあったかな?」

午後三時過ぎの編集部で見る富田《とみた》のにこやかな笑顔に、本郷は、「いえ、とくに」といささかぎこちない笑顔を返した。

「少しでも、九重さんの絵に映える文章が書きたいとは思っています。成功しているかどうか、自信ありませんが」

「これなら十分。きみだって、アンケート結果がいいのは知ってるだろ? 墨絵で腕をならしてきた九重さんの新境地開拓だって、他のメディアでも評判になってるよ。連載が終わったら、このシリーズで画集を出さないかって上からの提案も来ているんだ」

「だったら、なにかの折りに九重さんに聞いておきます」

「了解。今後もこの調子で頼むよ」

週刊誌での仕事の進め方を覚えきるには最低でも三か月はかかると、異動直後に誰かにアドバイスされた。一か月に一冊出せばいい月刊誌とは違い、三班交替で毎週発行する週刊誌は、存分な体力と、気分を入れ替えるスイッチが必要だ。日々、取材が立て込み、ライターやカメラマンといったスタッフとの打ち合わせの狭間に自分でも記事を書くとなると、あまりの忙しさに頭がパンクしそうになる。

だが、生来の真面目さも手伝ってか、仕事にのめり込んだせいで異動から二か月が経ち、ひととおりの要領は覚えた。とはいえ、自分らしい企画を立てるまでにはもう少し時間が必要だ。いま、担当しているのは九重のイラストコーナーと読者プレゼントページ、それと単発でやってくる大型特集の補助だ。

富田の言葉どおり、幸い、九重のイラストコーナーは順調に進んでいる。雑誌の前半を占めるような主力ページではないにしろ、イラストを盛り込んだ企画ページとしてはかなりいい反応が出ているようだ。やさしく丁寧なタッチの花々が年齢を問わず評価を受け、いままで骨太な作風として九重を知っていたファンには新鮮な驚きが、またこの企画で初めて九重を知った読者からは、『本来の持ち味である墨絵も見てみたいです』という声をもらっている。

企画自体、編集部からの提案だったが、連載五回目を迎えようとしているいま、アンケートのグラフが着々と右肩上がりを示しているのは本郷としても嬉しい。九重の新しい絵の魅力を四角四面に捉えて文字にするのではなく、絵の中に入り込めるような、なにか強い想いが伝わるようなものにしたいと呻吟《しんぎん》した末の文章に、いまでは編集部のあちこちで称賛の声が上がっている。

——九重さんに一線を引けていれば、もっと素直に喜べたんだろうけど。

自席に戻り、周囲に気づかれないようにちいさくため息をついた。

九重に無理やり抱かれてからも、彼の身の回りの世話は変わらずに続いていた。表面的なことは一切変わっていないように見える。だが、九重はまったく口をきかなくなったし、触れてくることもしなくなった。目を合わせずに本郷がつくる料理を食べ、「旨い」とも「不味《まず》い」とも言わず、早々にアトリエに引き上げてしまう。

どうやら、ナイトシステムでの仕事が佳境《かきょう》に入っているらしい。広報の瀬木《せぎ》からも、『一週間に一度はお宅にお邪魔して、キャラデザインの細かい打ち合わせをさせてもらっています』と聞いている。登場キャラクターが多いゲームであることと、九重の大胆な絵をどうグラフィック化するか、ナイトシステムでも試行錯誤が続いているようだ。

十月もあっという間に終わり、朝晩の空気が日に日に冷え込んでいく十一月初め、本郷は刷り上がったばかりのブラスト最新号を鞄《かばん》に入れて、夕方過ぎの九重宅に向かっていた。

これまでのコメントに、九重はとくに文句をつけてくることはなかった。

雑誌を渡すと黙って熟読する九重に、「どうですか」となんでもない感じで感想を聞いてみたいのだが、現実には本郷も沈黙を貫き、食後の茶碗を洗ったり、取り込んだ洗濯物を畳んだりするだけだ。

彼の思いがけない繊細な一面を見てしまい、暴力的に抱かれたあの夜から、互いの関係は熱っぽく蕩けた直後にいびつな形で固まってしまったみたいだ。

九重は、絵の楽しさを教えてくれた叔父にじつのところ疎んじられていたのだと信じ込んでいる。いい大人になって抉《えぐ》り込まれただけあって、傷は深いのだろう。その痛みを、昨日今日出会った自分が癒せるわけがないだろうと思うのだが、ドライに割り切って突き放すこともできない。

精緻《せいち》な水彩の花々を描く反面で、大胆な枝振りが美しい墨絵も描く。相反する強さを持つ九重を天才肌の画家だと世間は憧れの目を持って言うだろうが、図らずも彼の素顔を知ることになった本郷としては、複雑な気持ちだ。

墨の桜のシリーズを封印し、やわらかな筆致の花々ばかり描いているのは、九重なりの叔父への無言の詫《わ》びなのだろうか。

——でも、そんなに簡単に自分の描きたかった道を振り切ることができるんだろうか。あの可憐な花々に魅せられた俺が言うことじゃないだろうけど、九重さんだって、桜を描きたいと思っているはずだ。だから、未完のままにしている。捨てずに取ってあるのは、いつかもう一度筆を持てる日が来ると信じているからじゃないだろうか。

憶測ばかりで、なにひとつ確かなことはない。

いっそ、本人の胸を摑んで問いただしたいが、そんなことをしたらまた彼の怒りを買ってしまう。

九重の自宅がある最寄り駅前にあるスーパーで、食材を買っていくのが常だ。もうずいぶん寒くなってきたから、身体がふんわりと温まる湯豆腐や水炊きにしてみようかと考えている自分を苦く笑った。馬鹿みたいに思えた。

このまま、最終回を迎えるその日まで、互いに知らぬ顔を決め込むつもりだろうか。やろうと思えば、できないことはないはずだ。身体に触れてくることはもうないだろうから、安心して掃除や食事の世話だけしてやればいい。ひと言も話さないという異質さにも、そのうちきっと慣れてくるはずだ。

——もう少し、時間が経てば。でも、どれぐらいの時間が必要なんだろう。なにもかも悟りきった顔で九重さんの絵をもらい、取りつくろった文章を書けるようになるまで、あとどれぐらい時間がいるんだ？　俺は、ほんとうにそんなことができるのか？

九重宅の引き戸の前で立ち止まり、不甲斐ない自分を映し出す薄い影をぼんやり見つめた。

自分というのは、嘘《うそ》をつく、ということができないたちなのかもしれない。あらためてそんなことを思った。仕事でも私生活でも、その場しのぎの出任せを言ったことがない。だいたい、そんなことを安易にすれば、最後には自分の首が絞まるとわかっている。

厳然たる締め切りが待ち構えている雑誌の仕事で、ひとつでも嘘をつけば自分だけではなく、編集部全体が迷惑をこうむる。プライベートでも、好きか嫌いかという気持ちを曖昧《あいまい》にして女性とつき合っていけるほど器用ではない。とりあえず恋人がいたほうが都合がいい、なんていう損得勘定もしたことがない。

でも、とあふれ出すため息にうつむいた。

真面目なところは唯一の取り柄かもしれないが、もう少し融通がきく性格だったら、九重との正面衝突は避けられたかもしれない。

「……ここでこうしてても仕方ないか」

もう夕方の六時を過ぎている。いつも、九重は七時過ぎに夕食を取るようにしているから、急いで支度をしなければ。

気を取り直して引き戸に手をかけようとすると、向こう側からがらっと戸が開いたので、驚いてしまった。

「九重さん」

「おまえか」

どこかに出かけるようだ。九重は薄手のチャコールグレイのコートを羽織り、黒のロングストールを無造作に巻いている。逞しい身体をしていることもあって、モデルかなにかのようだ。

ぱっと見ただけでは彼が日本画家などという渋い肩書きを持っているなんて、誰もわからないだろう。その手に、美しく大きな花束があるのを見てさらに驚いた。極上の真っ赤な蕾をそろえた薔薇《ばら》にシダを添えたシンプルな組み合わせが、迫力ある九重によく似合っている。

「どこかにお出かけですか？」

駅前のスーパーのビニール袋を提げた本郷を見下ろす九重は仏頂面だが、しばらくしてから

「おまえも一緒に来い」とぼそりと言った。

久々に聞く声は嗄れていて、聞き取りにくい。

「なんですか？　いまなんて言ったんですか」

「銀座《ぎんざ》の画廊で、俺の友人が個展を開いている。今日が最終日なんだ。おまえもついてこい」

「でも、夕食の材料を買ってきたんですが……」

「冷蔵庫に入れておけばいいだろ。あとでちゃんと食う」

言うなり、九重が花束を押しつけてきて食材の入ったビニール袋を取り上げ、急ぎ足で家の中に戻っていく。玄関口に残された本郷は、突然の展開に唖然《あぜん》とするだけだ。声を聞けたのも久しぶりならば、彼自身がスーパーのビニール袋を提げているという、なんとも庶民的な格好をしているのを見たのも初めてだ。

開けっ放しの引き戸の奥から、ごそごそ、ぱたんとなにやら物音が聞こえてきたあと、九重がもう一度姿を見せた。

「行くぞ。タクシーを使う」

「個展の最終日って、いまから行って間に合うんですか」

「八時までやってるって言ってたから大丈夫だろ」

通りを走るタクシーを捕まえた九重に、車内に押し込まれた。

ぱさり、と葉擦れの音に彼のほうを見やると、膝に大きな花束を置いた九重は無表情だ。

今日までほとんど喋《しゃべ》らなかったのに、個展に一緒に連れていくなんてどういう風の吹き回しだろう。九重の行為はいつも唐突で、先が読めないことばかりだ。

「……あの、これから伺うご友人というのは、どんな方なんですか」

「見ればすぐわかる。最近、携帯電話のCMによく使われるようになったからな。ポップな絵柄で、業界でもいま一番売れてる奴だ」

携帯電話のCMでイラストを起用したもの、とあれこれ考え、――あの絵だろうか、と思い浮かべたものがひとつあった。斬新《ざんしん》な色遣いで、一歩間違えばくどくなりそうな線をきわどいラインで、ポップかつ、スタイリッシュなものに仕上げる美馬《みま》という名のイラストレーターで、確か、先月からは女性誌の表紙もデザインしていたはずだ。

しかし、九重とはまるで作風が違う。同じ「絵を描く」場にいても、接点が見えない。

「昔からのおつき合いなんですか?」

「美大の同期だ。ニューヨークにアトリエを構えているんだが、今回、CMにイラストを起用されたのをきっかけに一時帰国して、個展も開いたんだ」

「そうだったんですか……」

性格上、人付き合いの幅が狭そうに見えるが、やっぱり九重クラスのランクともなれば交友関係は想像以上に広いのだ。

「前に、六本木《ろっぽんぎ》のクラブで遊んだときにミキって女がいたの、覚えてるか」

「覚えています。あの方、きっとモデルさんですよね。とても綺麗《きれい》な方だった」

「あいつ、もともと美馬の婚約者なんだ。今夜は婚約パーティもある」

「え……、でも、あのひとは九重さんの……」

どう見たって、九重の取り巻きのひとりだったではないか。しかも、大勢いる取り巻きのリーダー格だったのではないか。

「九重さんとおつき合いしてたんじゃないんですか？」

「してねえよ、そんなもん。ミキは馬鹿じゃない。遊ぶだけ遊んだとしても、生き残る男を見抜く目はちゃんと持ってる」

「……それ、どういう意味ですか」

「どうとでも取ればいいだろ」

笑い混じりの不穏な声音に、胸がとくんと揺れる。九重はまたしても、自分自身を追い詰めているのか。疎外感を高めてしまっているのか。

隣に座る男の顔を見ようとしたとたん、きつく左手を摑まれた。

「九重さん……！」

赤信号でタクシーが派手にブレーキを鳴らして停まったことで、掠《かす》れた声は幸い、隣の男だけに聞こえたようだ。

九重のコートでなんとか隠れているが、摑まれた指先に全身の血がなだれ込むようで、熱くてたまらない。他愛ない愛撫で弄《もてあそ》ぶつもりかとぎっと睨み据えたが、骨が軋《きし》むほどの強さにからかいの色はない。

ただ、繫ぎ止めておく。ここに強く。

九重らしいといえば九重らしい仕草に、頭がくらくらしてきた。からかわれるのにも慣れていないが、激情をぶつけられることも非日常的だ。

――この間から、指一本触れてこなかったくせに。

勝手に触れて、突き放して、また触れてくることを怒ろうと思えばいくらでも怒れるはずだと思うのだが、はっきりした言葉にならない。

こういうことで神経をひりひりさせるよりも、九重の絵がどの方向に向かっていくかというほうがずっと気になるし、本人の考えも聞きたい。

どっちがいいだろうと、ふと考えた。いくつもあるおもちゃのように無造作につまみ上げられて遊ばれるのと、突風にも似た強さと勢いでぶつかられるのと、どっちがいいのだろう。

──息も、まばたきもできないぐらいの強さでぶつかられるほうが、いい。きっとそこに、嘘はないはずだから。

「力、ゆるめてください」

「駄目だ」

「離れません。逃げませんから、……力、ゆるめてください。痛いから」

ひと息に言うと、少しだけ驚く気配が伝わってきて、前よりもゆっくり指が絡み付いてきた。

それが九重なりのやさしさなのか、横顔を見ただけではわからない。

摑まれた指先から伝わる温もりに浸っていたいが、こんな状態で黙っているのも気詰まりだ。

「あの」と言って、空いた右手で鞄を開き、ブラストの最新号を差し出した。

「最新号です。九重さんのイラストページ、この四回でかなり人気が出ています」

自分の描いた絵が載っているとなると、九重も真剣になる。ひとまず顔を引き締めて花束を脇に置き、いつものように頭から丁寧にページをめくり、自分のイラストの場所でぴたりと止まる。その様子に、──まだ絵に対する情熱を失っているわけじゃない、とあと押しされた気がして言葉を継いだ。

「当初は、花の絵柄から女性読者の人気が出るかと思っていたんですが、男性読者からもちらほら声が届いています。『九重鎮之がこんなにやさしい花を描くとは思わなかったから、なんだか意外で嬉しい』って」

粉飾した賛辞ではなく、正直に言ったけれど、九重は自分のページをじっと見つめているだけだ。

「実際、アンケートも好調です。普通、ブラストのような雑誌だと巻頭の大型特集や、もっと昔からあるコーナーに数を取られがちなんで、新規企画としてはかなり当たっていると思います。九重さんのシンプルで丁寧な花の絵は見ているひとの心にすんなり入るからだと、俺は判断しています」

「今回の原稿も、おまえが書いたのか」

「はい」

答えながらも、ちょっと耳たぶが熱くなった。まだ手探り状態が続いているが、初めの頃のようなつたなく平坦《へいたん》な表現と比べれば、ずいぶんよくなったと上司の富田や他の部員たちから励ましの言葉をもらった。

「おまえ、現実で花占いするのか？」

九重がかすかに笑った。

「しませんけど、九重さんの花だったら似合うかなと思って……すみません、コメントの部分はあまり見ないでください。あとにしてください。恥ずかしいです」

慌ててページを閉じようと腕を伸ばしたが、ひらっと雑誌を取り上げられてしまった。

『花占いをするときそっとちぎる花びらは、私たちの心の形に似ているかもしれない。短くても鮮やかな一生を迎える野の花に想いを馳せ、手触りのいい花びらの一枚を胸に残したい。この絵がその役目を果たしてくれる。』

ずいぶんとやわらかくなったじゃないか、と富田が楽しそうに言っていた一文を、九重本人に目の前で読まれるとどうにも恥ずかしい。

「絵の役目か……。そんなもの、考えたことないな」

「それでいいんじゃないですか。ゲームのキャラデザインや本の装丁ならともかく、九重さんが誰かのためとか、なにかのために絵を描くなんて想像できません。あなたには、そういうのは向いていないと思います」

描きたいから描く。桜の絵も、日常の花々も、どれも九重が心から描きたいと思って描いていることが伝わってくる。たとえ、身内に憎まれていたのが事実だとしても、九重の筆は折れない。そうした厳しい事柄も受け止め、すべてを描く力に変えているはずだ。

「あなたの絵には打算がないから美しいんだと俺は思います」

強い視線を絡めてくる九重は笑わない。呆れていない。嘲《あざけ》っていない。

ふいに、手が離れて、髪をくしゃくしゃと撫でられた。

九重の視線はまっすぐ前を向いている。

「九重さん……？」

「いまから行く場所で同じ言葉が言えたら、おまえを褒めてやるよ」

毅然《きぜん》とした声に胸が騒ぐ。タクシーが停まった。窓の外を見れば、華やかなガラス張りのビルのすぐそばだ。中には、色鮮やかな絵がいくつも飾られている。

個展最終日を祝う、楽しげなひとびとの声がここまで届いてくるようだった。

「おめでとう、美馬。派手な凱旋《がいせん》帰国だな」

「ありがとう。九重の活躍も聞いてるよ。大手ゲームメーカーとコラボするんだって？　キャラデザをやるんだって聞いたよ」

笑顔で薔薇の花束を受け取った美馬は、九重と同じぐらいの身長だろうか。線が細く、頭のてっぺんから爪先まで洗練された印象で、骨っぽく、輪郭がしっかりした九重とは好対照だ。

個展最終日にふさわしく、会場内は盛況だ。一般客も多く見受けられる中、マスコミ関連の者も次々に美馬に挨拶《あいさつ》にやってくる。

主役が場内にいると、どうしても騒ぎになってしまう。そのことに気づき、美馬のマネージャーだと挨拶してくれた人物が、「こちらへどうぞ」と九重たちを場内の片隅にある控え室に案内してくれた。扉はなく、カーテンだけで仕切られているちょっとした小部屋に入れば、人目を避けて話をしながら、場内の様子を気軽にチェックできる。

そこでようやく、九重の紹介を受けて、本郷は名刺を取り出した。

「初めてお目にかかります。メディアフロント、週刊ブラスト編集部の本郷と申します」

「初めまして。今回の個展では、メディアフロントさんからもお花を頂戴しています。どうもありがとう」

にこりと笑って名刺を受け取る美馬は、タフなニューヨークに拠点を置いているだけあって、親しみやすい人柄のようだ。

メディアフロントにはアート関連の本を出している部署がある。美馬に花を贈ったのは、その部署だろう。

マネージャーがアイスコーヒーを三つ運んできてくれたところで、美馬が話しかけてきた。

「ゲームの仕事はどんな具合なんだ。うまく進んでるか？」

「ぼちぼちってところか。いまちょうど山場なんだよ。キャラをモデリングするために、多方面から描くってことを初めてやってる。これが思っていた以上にきつい。毎日死ぬほど描かされてるよ」

「だよな。平面に描かれた絵を３Ｄ化させるのって荒技だよな」

可笑しそうに言ったあと、アイスコーヒーのストローをゆっくりと回しながら、美馬が気遣うような笑みを浮かべた。

「九重がそういう方向に行くとは思わなかった。桜の絵は、描かないのか？　前回の作品を発表してから、もう五年も経つだろう。まさか、スランプとかじゃないよな」

「スランプだったらゲームの絵も描いてねえよ」

「本の装丁やゲームのキャラデザインをするっていうのも、九重が仕事のひとつとしてやっていることぐらいわかってる。でも、俺はやっぱりあのシリーズを描き続けてほしい」

「なんで」

美馬の言葉に、九重はぶっきらぼうだ。

「おまえは、商業主義で描いてないからこその画家だろ。昔からそうだ。時代に合わせて描いていける器用貧乏な俺とは違う」

「喧嘩売ってんのか？　ニューヨークで大成功を収めて、堂々帰国してきた立場からの説教か」

「おまえ相手に喧嘩できるなら、美大にいた頃にとっくにやってるよ」

そばで聞いていてもはらはらするような会話だが、美馬が柔和な笑顔を貫いているせいか、一触即発という雰囲気までには至らない。

美馬もまた、九重の中にある深い世界に魅了されているひとりなのだろう。作風こそ大きく異なるけれど、同じく絵の道を進んできた者として、生来の持ち味を封印してしまっている九重に歯がゆい想いをしているのだ。

「どんなに時間がかかってもいいから、桜の絵を描けよ。あれは、おまえの生涯にわたっての代表作になる」

「長生きするつもりはないんだよ」

「九重……」

本郷の想いを代弁してくれる美馬を応援したかったが、露骨にそんなことをすれば、今度こそ、九重は二度と口をきいてくれなくなるかもしれない。

――年齢も見た目も完成された大人なのに、このひとの中には誰よりも繊細な部分がある。子どもみたいな純粋さが、綺麗なままに残っている。

だから、いたずらにその心に触れようとすると、思いがけない強さで弾かれるのだ。

気まずい沈黙が広がる中、九重がのそりと立ち上がった。

「せっかく来たんだから、絵を見せてもらう」

「ああ、うん。どうぞ」

カーテンをかき分けて九重が出ていってしまい、美馬が困惑混じりの笑顔を向けてきた。

「すみません。なんだか嫌な雰囲気にしてしまったね」

「いえ、とんでもありません。私のほうこそ、おふたりの邪魔をしたのではないかと……」

丁寧な物腰に恐縮してしまう。九重に言うとおり、美馬はいまもっとも売れているイラストレーターのひとりだ。なのに、偉そうな素振りはまったく見せず、マスコミとのつき合いにも慣れているようで、気さくな態度だ。

「本郷さん、でしたっけ。あなたがいま、九重の絵を見ているんですか?」

「はい、及ばずながら。ブラストという週刊誌で、二週間にいっぺん、九重先生に花の絵を描いていただいています。先ほどもお話に出ましたが、ゲームとのタイアップ企画で」

「どんな絵?」

興味を示す美馬に、鞄に入っていた最新号を取り出した。ついさっき、タクシーの中で九重に見せたものだ。

「これか……」

ぱらぱらとページを繰り、素早く九重のページを探し当てた美馬の目縁がふと懐かしそうにゆるむ。

「このタッチ、懐かしいな。彼の叔父さんから受け継いだものでしょう」

「そう、お聞きしています」

「そっか。……あいつ、もうほんとうに桜を描かないつもりなのかな」

小さな声が胸に深く刺さる。本郷は勇気をふるって訊《たず》ねてみることにした。古いつき合いのある美馬なら、九重の不調を打破するきっかけを教えてくれるかもしれない。

「私としては、ここにあるような野の花がとても好きなんですが……。九重先生は、以前のような大型作品は描かれないんでしょうか」

「どうなんだろうね。ほんとうのところは九重本人にしかわからないけど……、実際、歳を取ればば取るほど、大型作品に取り組むのが難しくなる画家はたくさんいる。まず、体力的なものが一番大きな問題だね。自分の身体より大きなキャンバスに絵を描ききるというのは、考えている以上のしんどさがあるから。それと、想像力の限界もある」

「想像力の限界、……ですか」

「そう。気持ちだけが先走って、誰も描いたことがないような大きなキャンバスに絵を描こうとしても、その大きさや余白に負けてしまうことがあるんだ。たとえ、キャンバス一杯に描いたとしても、全体の調和が取れていないんじゃ一枚の絵として成立しないし、見るにも値しない」

やさしい声音で辛辣に言い切る美馬に見入った。九重とはベクトルが違うが、彼もまたやはり、自分なりの絵を模索し続けている画家なのだと思えた。

「九重が描く桜は、どんな大きさにも負けない迫力があるんだ。僕も嫉妬《しっと》した時期があったよ。同じ歳でどうしてあれだけの絵が描けるのか、悔しくて仕方がなかった。何度も彼の真似をしてみたことがあったけど、どうしても自分のものにはできなかったね。若さゆえの一時的な情熱でしかないって貶《おとし》めようとしたこともあったけど、無理だった。器が違うというか、そもそも才能の方向が違うというか」

「なにをおっしゃるんですか。美馬先生は、すでに海外でも日本でも大きな名声を得ていらっしゃるじゃないですか」

取りなすように言うと、美馬も、「うん、まあ、そうだね」と笑う。その笑顔は、言葉にならない苦しみを乗り越えた、晴れやかなものだ。

「僕には僕の才能があることは確かだ。だからこそ、こんなふうに大規模な個展も開ける。でも、僕の作風はさっきも言ったとおり、時代に沿ったものなんだ。明るくて楽しい絵柄を称賛してくれるひとは多いけど、百年後まで残るかどうかと聞かれたら、みんな困ると思う。その点、九重の絵は違う。あいつの絵は百年前からあって、いまも、そして百年後にもかならず残っている。それだけの存在感があるんだ。……ああ、ごめんごめん。僕、なんか本郷さんを困らせてるね。違う、卑屈な意味で言ってるんじゃないんだよ」

思った以上に本音をさらけ出されてどうすればいいのか、困惑している本郷の心を読んだのだろう。美馬は苦笑している。

「昔はともかく、いまの僕は割り切って描く楽しさを覚えた。注文内容に合わせた絵を描くことができるし、時間のやりくりもできる。いわば、商業的に売れるコツを摑んだってところだ。だから、生きている間はたぶん不自由することなく、楽しく暮らせるだろうね。でも、九重みたいな奴は何度も大きな挫折《ざせつ》と葛藤《かっとう》を繰り返しながら、力強い絵を残していく。気楽な毎日とは無縁だろうし、神経的にもつらいだろうけど、彼にしかないほとばしりは絵にも表れる。九重は、誰よりもとことん悩んで誰よりもタフだ。他人から見たら馬鹿みたいに思えるほどの努力を積み重ねている天才だよ。もしいま、あいつが大型の作品に立ち向かえないようなスランプに陥っていたとしても、絶対に這《は》い上がってくるはずだと僕は信じてる」

心からの称賛が、九重にも届けばいいのに。同じ画家からこうも言われていることを、九重は知っているのだろうか。ドライに、絵を描くことを生業とする美馬の目から見ても、九重は憧憬《しょうけい》を抱く存在なのだ。

「……いまのお言葉に九重先生も励まされるといいんですが」

「どうかなぁ。同級生という立場だから、互いにどうしても馴れ合ってるところがあるのは否めないね。いまさら、僕がどうこう言って変わるもんじゃない気がするし。でも、本郷さんは最近になってあいつを知ったんでしょう？　関係が新鮮なうちに、本郷さんからガツンときつく言ってやってくれないかな」

「とんでもありません。そんなことをしたら本気で怒られます」

九重の機嫌を損ねた夜のことを思い出し、うっかり口をすべらせてしまったとたん、美馬が眉《まゆ》をひそめる。

「もしかして、九重に暴力でもふるわれたの？　気が短いのは昔からだけど……馬鹿だな、あいつも。なにやってんだか」

「すみません。違います、いまのは、あの、私の思い違いで」

「ごめん。僕が謝ってもしょうがないかもしれないけど、ほんとうにごめん」

美馬が手を伸ばしてきて、ぽんぽんと肩を叩いてくる。それがあんまりにも自然な仕草だったから、つい、「……ありがとうございます」と呟いた。海外での暮らしが長いせいか、美馬のボディコミュニケーションはさりげない。

「あいつが大作から遠ざかったのは、叔父さんが五年前に亡くなって以来だよね。桜を描かなくなった代わりに、こういう野の花を描いたり、マスコミ向けの仕事をするようになったんだよね。叔父さんと確執があったかどうか細かいことまでは知らないけど、九重も思い込みが強いほうだから。もう一度、ちゃんと叔父さんとの関係を調べたほうがいい」

「はい」

わかりました、と言い終える前に、いきなりカーテンが開いた。思いきり不機嫌な顔をした九重が立っている。そのときまだ、美馬の手が本郷の肩にあった。

じろりと見下すような視線に胸がはやり出す。こういう目つきをしているときの九重にはできるだけ触らないほうが無難なのだが、そこはかつての同級生の強みとでもいうのか、重苦しい空気を払拭《ふっしょく》する笑顔で美馬が立ち上がり、本郷を守るように背に回してくれる。

「もう、見終わったのか？　記念にどれか買っていくか？　同級生のよしみとして、九重には値引きしてやるよ」

「買い手がつかない絵が残ったら、引き取ってやる」

「おまえ、相変わらず厳しいな。――でも、他人にまで八つ当たりするなよ。仕事相手に暴力をふるうなんて最低だろ」

「美馬先生、それはほんとうに俺の勘違いで……」

「他人に手を上げる体力があるなら、絵を描け。おまえにしか描けない絵を描けよ」

鋭い言葉に、九重がぎらっと睨み据えてくる。いまにも一戦が始まりそうな剣呑な空気に慌て、美馬の陰から飛び出した。

「九重先生、違います、あの」

「あらー？　どうしたの、こんな窮屈なトコにぎゅうぎゅうになっちゃって」

張り詰めた空気を破る明るい声に、全員がいっせいに振り返った。

「ミキさん……」

「あ、いつかの本郷ちゃんじゃない！　ひっさしぶりー。美馬と知り合いだったの？」

長い黒髪をさらさらと揺らすミキは以前会ったときよりも一層肌が輝き、抜群のプロポーションを誇るタイトな白いワンピースを身に着けている。その左手の薬指には、まばゆいダイヤモンドリングが輝いていた。

そういえば、今夜このあとは彼らの婚約パーティが開かれると九重が言っていた。

ミキの顔を見るなり、美馬が相好を崩して彼女の肩を抱き寄せる。

「ミキ、本郷さんを知ってたのか？」

「うん。前に鎮ちゃんとクラブで遊んだときにご一緒させていただきました。本郷ちゃん、あ

のときは楽しかったね。あたし、本郷ちゃんと相撲《すもう》を取って思いきりぶん投げたんだよね。覚えてる？」

「……覚えてます」

気さくに微笑《ほほえ》まれて、ますます恐縮してしまう。美馬という婚約者を前にしているのに、ミキと遊んだ事実をあきらかにされてしまい、どうにもいたたまれない。だが、美馬は慣れているようだ。

「ごめん。こいつ、見かけ以上に強いんだよ」

「そういうギャップに惚《ほ》れたって言ってたじゃないのよ」

「はいはい、そうです」

照れて笑う美馬は、あっけらかんとしたミキにベタ惚れのようだ。見ているこっちが恥ずかしくなるような熱々ぶりを見せつけてくれる。

「思えば、あれが、あたしの独身最後の夜遊びだったんだよね。あのときはまだ美馬も仕事で忙しくて、なかなか帰国できなくて。寂しがってたのを鎮ちゃんが気づいてくれて、仲のいい子を呼んでパーッと騒いだんだよね。本郷ちゃんも飛び入り参加してくれて、ありがとう」

「いえ、そんな。お邪魔して申し訳ありませんでした」

頭を下げながらも、ミキの言葉には少なからず驚かされた。

出会って間もない頃に巻き込まれた馬鹿騒ぎは、遊び人、九重の確たる証拠だと思っていたのに、ほんとうはミキの寂しさをいたわっていたのだ。

最初の印象が悪かっただけに、ずっと色眼鏡で彼を見ていたことにいまさらながらに申し訳なくなってくる。

——このひとは、もっといろんな顔を持っている。あとどれぐらい、俺の知らない顔があるんだろう。

仕事に真剣に打ち込む顔、宇宙の話をおもしろ可笑しく聞いてくれた顔。手料理を残さず食べてくれた顔。それから、ふたりきりのときだけに見せてくれた、貪欲《どんよく》に追い求める顔。力ずくで組み敷いてきたときの怖くなるような熱を秘めた顔も、忘れられない。

「また、みんなで遊ぼうね。今度は美馬のニューヨークのアトリエに集まって朝までどんちゃん騒ぎしようよ」

「ミキのどんちゃん騒ぎはホント、真剣勝負なんだよなぁ」

苦笑する美馬に、ミキは余裕綽《しゃくしゃく》々だ。その笑顔は心から幸せそうで、美馬にしっかりと腕を絡めているのが微笑ましい。

「で、お話し中に悪いんだけど、そろそろパーティの時間なの。美馬の挨拶、みんな待ってるよ」

「もうそんな時間か。わかった、行くよ。九重も、本郷さんも、ゆっくりしていって。ここの二階で僕たちの婚約パーティを開くことになってるんだ。よかったら参加してください」

「はい、ぜひ」

弾むような足取りで美馬たちが先に出ていき、小部屋はむっとした顔のままの九重と自分のふたりきりだ。

とたんに鼓動が昂ぶり、声が掠れてしまいそうだ。

「とりあえず、座りませんか」

囁《ささや》くと、九重は無言でソファに腰を下ろした。隣に本郷も座り、氷がとけかかったアイスコーヒーのグラスを摑む。冷たい滴が火照《ほて》る手のひらを癒やしてくれるが、すぐそばに熱量の高い男が座っていると思うと、やっぱり落ち着かない。

「あの、……美馬さんの絵はどうでしたか」

「自分の目で確かめてくればいいだろう」

もっともなことを言われて、二の句が継げない。それでも、なにか話したい。言葉を交わして、九重という男の中へもっと入り込みたい。

「美馬さんが言っていました。九重さんは、誰よりもとことん悩んで、誰よりもタフで……他人から見たら馬鹿みたいに思えるほどの努力を積み重ねている天才だって」

「……だから、なんだ」

「叔父さんが、九重さんを妬んで……憎んでいたという証拠を探しませんか」

「なんだって？」

これには、九重も動揺したようだ。ぎょっとした顔を向けてくる。

あえて触れてはいけない場所に手を突っ込んで荒らすような真似はしたくなかったが、九重の中には頑ななまでの思い込みの壁がある。それを壊してやりたかった。なんとしてでも、障害を乗り越えさせたい。

「叔父さんと九重さんの間にあった出来事は、九重さんにしかわかりません。美馬さんも、俺にもわかりません。でも、だからこそ、疎まれていたという事実があったのかどうか、ちゃんと探しませんか」

「探してどうなる。あれだけ大量の模写をもう一度ひっくり返して調べろっていうのか？　それでやっぱり、叔父が俺を目障りに思っていたという事実に突き当たったら、おまえはどう責任を取るつもりなんだ？」

「俺は、責任なんか取りません」

突如胸ぐらを摑まれ、思いきり壁に押しつけられた。鼻先が触れ合うほどの近さに激昂した九重の顔を見ても、——怯《ひる》むな、ここで怯んだらおしまいだ、と鳩尾《みぞおち》に力を込めた。

「叔父さんに憎まれていたのか、そうじゃなかったのか、真実を知ることだけがいまの九重さんには必要なんじゃないですか？　九重さんだって、心の中じゃなにかが吹っ切れないから、アトリエの桜をあのままにしているんでしょう。本気でもう描かないというなら、処分していてもおかしくないじゃないですか。なのに、ずっと目に入るところにあの絵を置いてる。これは、俺が責任を取る取らないの問題じゃありません。九重さんの人生に介入できる力は、俺には残念ながらありません。でも、手伝わせてください。できるかぎりのことはします」

「答えはふたつにひとつだ。憎まれていなかったという事実が出たら？」

占い師にでもなれというのか。だが、九重の瞳に宿る真摯《しんし》な光に、本郷も真っ向から向き合った。

「憎まれていなかったとわかれば、九重さんは、自由になれます。ご自分でかけた呪縛から逃れられます。もう一度、桜を描けるようになります」

「憎まれていたとしたら？」

「それでもやっぱり、桜を描くようになります」

「どうしてそこまで断言できるんだ。おまえは俺じゃないだろうが！」

「描きたいという欲求を自分で封じ込めてしまうほど、あなたは馬鹿なんですか！　そんなに愚かしいひとなんですか！」

胸を摑まれる苦しさを跳ね返して叫ぶと、九重が大きく目を瞠《みは》る。

九重ほどの立場の人間を馬鹿呼ばわりするなんてどうかしている。理性の一部が金切り声を上げていたが、食ってかかるような目つきをする九重に、本郷も受けて立つしかなかった。

二階のフロアで、婚約パーティが始まったようだ。心が浮き立つ音楽や笑い声が壁に跳ね返り、小部屋での言い争いをうまいことかき消してくれる。

「俺だって、フロンティアからブラストに来た直後は、なにをどうすればいいのかすらわからなかった。自分の居場所じゃないと思ったこともあります。でも、雑誌の現場から離れることはできませんでした。……離れられるわけないでしょう？　好きで好きで、望んだ仕事です。九重さんの絵に出会ってからは、もっといい仕事がしたいと思うようになりました。九重さんの絵にふさわしい、俺なりの文章を書きたい、いつもそう考えています。まだまだ努力が足りないだろうけど、絶対に諦《あきら》めたくない。……叔父さんが九重さんの絵を模写していたのも、きっとそんな気持ちがあったからじゃないですか」

胸を摑む手の力がだんだんと弱くなっていく。いまにも離れそうな手を、今度は本郷がきつく摑んで引き留めた。

「血の繋がりがあるひとの感情に揺さぶられることは、わかります。だけど、叔父さんに憎まれていたからって、描くことそのものを諦めないでください。九重さんには九重さんらしい絵を描き続ける時間がたくさん残されているじゃないですか。叔父さんがもし、あなたを多少なりとも疎んじていたとしても、強く愛していたからこその裏返しかもしれません。お願いです。俺も手伝いますから、もう一度遺品を調べてみましょう」

「……いつ」

「え？」

「いつ、探すんだ」

遠くからパーティの喧騒《けんそう》が届いてくる中、聞き逃してしまいそうな低い声だったが、本郷は、「できれば、いますぐ」と答えた。

「九重さんがよければ、いますぐ探しましょう。つらい時間を長延ばしにしたって、いいことはひとつもないし」

「おまえ……」

九重が両頬《ほお》を摑んでくる。壁に押しつけられて、逃げ場はどこにもないが、本郷もいまさら逃げる気はなかった。やわらかなライトを弾く強い目の奥にどんな感情がひそんでいるのか知りたくて、じっとのぞき込んだ。

「……おまえは……」

掠れた声の行く先を追うように顎《あご》を上げると、そっとくちびるが重なった。

それまでの激情をすべてかき消してしまうようなやさしいキスが胸に痛くて、涙があふれる前に瞼を閉じた。

求められるままにくちびるを与え、本郷も彼の髪を摑んだ。

吐息を分け合う繊細なくちづけが、九重鎮之という男のもうひとつの顔を表しているようだった。純粋で、ひたむきで、一途だ。ほんとうは世界中の誰よりもやさしくて、強く、美しい。

このキスが終われば、九重はいつもの顔、いつもの勢いある感情を取り戻す。そして、叔父の感情の在処《ありか》を確かめる。そこまでは一緒にいられるだろうが、その先は、もう追いつけないほどの強さを持って自分だけの絵の道へと走っていくだろう。

だから、いまこのとき、この想いをしっかりと胸に刻み、あとは一編集者として彼との仕事を全うすればいい。

——俺の役目は、最初からそうだった。仕事上だけのつき合いだったんだ。

彼との出会いは最悪としか言いようがなかった。ここに至るまでの過程もけっして良好とは言い難い。それでも、どうしようもなく惹かれたのだ。同性だとわかっていても好きだという想いが止められず、恋い焦がれたのだ。

九重に出会った者はみんな、絶対にそうだ。あの美馬もきっとそうだ。煌《きら》めいて跳ね飛び、ほとばしる九重の輝きに目を奪われ、羨望《せんぼう》と渇望と絶望を繰り返し、地団駄を踏み、あがき、自分にはないものだからこそ必死に求め、最後には彼の存在を丸ごと受け入れ、自分の在り方を認めた。

たぶん、彼に出会った者は、誰もがそうだったのだ。

輝きとは、心そのもの。

九重は、出会った者すべての心に足跡を残していく男だ。

叔父の遺品は、すべて九重の実家に保管されているらしい。

「ご実家ってどこなんですか」

「多摩川《たまがわ》のすぐそばだ」

美馬たちの婚約パーティを抜け出し、九重は神奈川《かながわ》方面へとタクシーを走らせた。美馬にお祝いの言葉を言わなくてもいいのか、と一応確認したが、「あとでいい」とすげなく返された。もう、夜も遅い。実家といえどいきなり押しかけていいものかと案じていたことに気づいたのだろう。九重が先に口を開いた。

「いまの時期、両親はいつも九州《きゅうしゅう》にいる親族んところに遊びに行ってるんだよ。寒いのは苦手だからって。年末にならないと帰ってこないから、俺が毎週、風通しに来るんだ」

「そうなんですか」

「……なに笑ってんだよ」

「え？　いや、あのべつに」

じろりと睨まれて、慌てて口元を押さえた。ひとりふてぶてしく生きているように見える九重にも、ちゃんと両親がいるのだ。それに、口ぶりからするとどうやらひとりっ子らしい。

幼い頃はどんなふうだったのだろう。彼の父親、母親はどんなひとなのだろう。いまの傲慢《ごうまん》な九重から想像するに、おとなしく品行方正な子どもだったとはとても思えないが、絵に没頭する強さは昔から備わっていたのだと思う。

出会ってからまだ一度も、彼が絵を描いている場面に立ち会ったことがない。雑多な編集部で文章を次々に起こす自分とはまったく違い、意識をぴんと張り詰めさせて和紙に向かう彼の姿を叶うならば見てみたいが、集中力の強い九重はきっとそれを嫌がるだろう。

　絵を描くことは、九重にとって、食っていくための手段というよりも、自分の中でいつまでも燃え盛って鎮まらない炎をぶつけるためにある気がする。

　あれこれ物思いにふけっているうちに、いつの間にかタクシーは高速道路を下りて一般道路をゆるやかに走り、東京よりもずっと広い夜空を持つ街へと向かっていく。

　多摩川を渡ってすぐの穏やかな住宅街で、車が停まった。東京《とうきょう》下町の九重の自宅兼アトリエとどこか似ている木造家屋は広々としていて、静まり返っている。

「こっちだ」

「お邪魔します」

　暗いままの屋内を九重はずかずかと先を歩き、二階に上がる。突き当たりの部屋を開け、灯りをぱちんと点けた。突然の眩《まぶ》しさに目を細め、本郷はあたりを見回した。九重が窓を開け、こもった空気を入れ換える。八畳ほどの和室はがらんとしていて、目立ったものは置かれていない。窓の外にはこんもりと茂る黒い大木が見える。

「あれは桜だ。春になると、ほんとうにいい花を咲かせる」

　本郷の視線に気づいた九重が呟く。

「叔父さんが亡くなるまで、ずっと会ってなかったんですか」

「俺が絵を教わっていたのは十歳までなんだ。それ以後、叔父は兵庫《ひょうご》に移り住んで、神戸《こうべ》の学校に勤めていたから、会うっていっても正月ぐらいで……あとは、ハガキをぽつぽつやり取りしてた。俺が独り立ちしてからはほとんど会わなかったな。互いに忙しくて」

どこかしら虚ろなものを感じさせる声で、九重はぐるりと部屋を見回す。

「叔父は五年前の春に体調を崩してから、病院で亡くなるまでの約二週間、この部屋で寝起きしていた。俺はその頃ちょうど個展があっててんやわんやで、危篤だと聞いて慌てて駆けつけた始末だ」

「……独身で亡くなられたんですか。病名は？」

「肺癌《はいがん》だ。本職は、学校の美術教師だった。家庭を持つより、絵を描くことのほうが叔父にとっちゃ大事だったんだ。だから、最期は俺たち家族が看取った。五十歳になるかならないかだったんだが、癌の進行が早すぎて、気づいたときには手遅れだった」

寂しさだけが目立つ部屋に、ふたりぶんの影がうっすらと映る。

「叔父の絵は、押し入れにしまってある。ここにあるもので全部だ」

九重が押し入れの襖《ふすま》を開くなり、目を丸くしてしまった。数えきれないスケッチブック、キャンバスのたぐいがぎっしり詰め込まれている。九重の寝室にちらばった絵をかき集めてしまい込んだら、ちょうどこんな感じだろうか。

「これ、全部見るんですよね」

眩暈するほどの数々の絵のどこかに、九重に対する感情の答えが隠されているはずだと言い切ったのは自分だが、あまりの多さに内心たじろぐ。

「全部見る必要はない。年代順に保管してあるから、だいたい五、六年前……叔父が亡くなる前の絵を見ればいいだろ。叔父の絵のタッチが変わったのは、あきらかにその頃からだからな。六年前の作品っていうと、だいたいこのへんにある」

九重がしゃがみ込み、押し入れの下段から大量のスケッチブックを取り出す。キャンバスもいくつも出された。絵を保管しているというわりにはずいぶん杜撰《ずさん》だなと思ったが、よく見ると、どれも褪色《たいしょく》を防ぐためにキャンバスには薄い透明フィルムがかけられている。

ジャケットを脱ぎ、シャツの袖をまくった状態で、本郷はスケッチブックをめくり始めた。そばに座った九重も似たような格好で、一枚一枚、スケッチブックをめくっている。

「確かに、桜を描いているものが多いですね」

「だろ」

めくってもめくって、桜の花びらをリアルに描いたものが出てきて、小一時間も経つといささか食傷気味になってきた。

六年より前のものは、まだ九重の画風を完全に模倣しているとはいえない。どちらかというと繊細で、水彩絵の具で色つけしているのもあった。

だが、彼が亡くなる一年前から、がらりと作風が変わる。ざらついたスケッチブックに薄い鉛筆線を残し、やや弱い筆遣いの墨がそれをなぞっている。筆に慣れていないせいか、どことなく頼りなく、弱々しい印象だが、それまでのリアルな水彩画とはまったく違う描き方だ。

緊張しながら、スケッチブックを丹念にめくった。めくるたびに、筆遣いが大胆なものに変わり、九重の持ち味に近づいていく。なにかメッセージのようなものがないかといろいろ探してみたが、絵しか残されていないようだ。他のスケッチブックを調べている九重をよそに、今度はキャンバスのほうを調べてみた。こっちもまた、何枚あるのかわからないぐらいの数だ。

——死期が近づいていることを感じて、一枚でも多くの絵を描き残そうとしたんだろうか。

でも、なんのために？　九重さんと違って、このひとは学校の美術教師だった。生涯、無名で終わるだろうことを恐れて、取り憑《つ》かれたように描いたんだろうか？

生きている間は世間からまったく無視され、異端児扱いされていた画家の死後、その作品が高い評価を得るのはよく聞く話だ。海外でも日本でも、絵の道を志しながらも貧しい生活に追われて心身ともに病み、力尽きた画家が、没後に才能を認められるという展開は、苦労が報われて尊くも思える反面、せつなくも思える。

——世間に認められたいから、描くんだろうか。描きたいという衝動が抑えきれずに、描くんだろうか。でも、せめて生きている間に一枚でも世間に認められたらと願って、苦しんでいた画家だってきっと多かっただろうに。好きでたまらずに描いていたとしても、自分の才能だけで勝負する世界で称賛の言葉をひとつでも聞けたら、きっと幸せだったに違いない。

「……美を愛する神様は、不公平なんですかね」

「なんで」

膨大な絵をチェックする途中、階下から冷えたウーロン茶の缶を持ってきてくれた九重が首を傾げる。

「九重さんみたいに、まぎれもない才能を持った方は生きている間から絶賛されます。不謹慎な言い方ですが、もし、あなたが死んでも、桜のシリーズは多くのひとに愛されていくはずです。でも、……この方のように、何枚も何枚も描き続けても、とくになんの評価ももらわずに亡くなり、そのまま埋没して忘れ去られていくほうが大半を占めます」

桜の枝を力強く描いた一枚を見つめながら、本郷は呟いた。

「絵を描くって、どういうことなんですか？　九重さんは誰かに影響を与えたいと思って描いてますか？　なんのために描くんですか？」

「息するのと同じだ。なんのために描くかなんて最初は考えない。結果的にそれが誰かの目に留まって、いい評価を受けたとしても、次の作品では罵倒《ばとう》されるかもしれない。おまえは俺の絵が多くのひとに愛されると言い切るが、俺自身はそこまで思っていない。影響を与えているかどうかということも考えていない」

「どうしてですか。次々に仕事が舞い込んでるのに？　あの美馬さんだって、羨《うらや》んでるのに。九重さんに憧れている方だって多いでしょうに」

聞き返すと、九重が顔を上げた。いつもの横柄な彼らしくなく、自分の心の中に深く入り込んでしまったようなぼんやりした表情だ。

「……おまえと話してて、わかったよ」

「なにがですか。どんなことですか」

端が黄ばんだスケッチブックをぱたんと閉じて、九重がうしろ手をつき、天井を見上げる。

「確かに俺は、ある種の天才かもしれない。時代が俺をそう評価して、多くのものを要求していることはわかってる。だから、依頼が絶えず来る。でも、俺自身はいまの自分に絶対に満足できない。だから、描き続ける。俺の中に、ずっと昔からいる『俺』は天才でもなんでもない。なにかを描きたいだけの存在だ。描かないと息が詰まるから描いてるんだ。絵を描くきっかけは、ただそれだけだ」

ストイックな言葉が胸の中、正しい場所にきちんと収まる。

立場や見栄、意地をすべて剝ぎ取った、九重の素顔に触れられた気がして目が離せなかった。世間に出ることより、名声を得ることを夢想するよりも先に、描きたい衝動に突き動かされてたまらないから、描く。九重が言っているのはそういうことだ。なにがあっても、描かずにはいられないのだ。ごく単純明快な思考回路だからこそ、彼の筆遣いには迷いがなく、一瞬の力強さが鮮やかに生まれ出るのだろう。

――この強さには、勝てない。これこそ、生まれもっての才能で、他の誰も持っていない、絵に対する執念なのかもしれない。

　苦笑いしながら、ゆっくりと手元のキャンバスを持ち上げた。これも桜を描いた一枚で、濃淡を生かした墨は九重のものと負けず劣らず美しい。タッチはかぎりなく似通っているが、やはり、叔父のほうが幾分か繊細だ。

　ふと、かさっと小さな音が響いた。

「……あれ？」

　どこから聞こえた音なのだろう。訝《いぶか》しく思ってあたりを見回した。虫かなにかいるのだろうかと思ったが、違うらしい。

　手にしたキャンバスをもう一度、持ち上げてみた。かさかさと軽い音がする。ひっくり返すと、裏打ちの茶色の紙が全面に貼られていた。音の正体は、裏打ちの中にあるようだ。

「九重さん、このキャンバス……中になにか入ってるみたいです」

「中に？」

　九重が近づいてきて、キャンバスを二度、三度振る。

　かさっと揺れる音にふたりして顔を見合わせた。

「なんだ？　なにが入ってるんだ？」

「花びらとか？　これ、桜をモチーフにした絵だし」

「たかがあんな小さな花びらで、音は立たないだろ」

キャンバスの表面を傷つけないように畳に布を敷き、絵を裏返した。本郷は鞄にいつも入れているペンケースの中からカッターナイフを取り出し、手渡した。

ナイフを手にした九重の真剣な横顔に、声をかけることすらためらわれる。中になにが入っているのか皆目見当もつかないが、他のキャンバスは音ひとつ立てなかった。

慎重な手つきで、九重が裏打ちの紙を切り裂いていく。ぱりぱりと乾いた紙を角から角まで裂き、キャンバスをもう一度振った。

中から、折り畳んだ小さな紙片が出てきた。

「なんだ、これ……」

九重の手元をのぞき込むと、どうやら、キャンバスの裏に糊《のり》づけされていたものが剝がれ落ちたようだ。

うっかり力加減を誤ると破けてしまいそうな紙片を開く九重の指が、かすかに震えていることに気づいた。彼の叔父が書いたものなのだろうか。

息詰まるような時間が過ぎて、九重が折り目がついた紙片を手渡してきた。

「おまえも読め」

「いいんですか?」

「いい。読んでくれ」

顔をそむけた九重の声は嗄れ、目縁がわずかに光っている。

「……すみません、拝見します」

かさかさと音を立てて、本郷は紙を開いた。

そこには、見慣れない、丁寧な筆跡で文章が綴《つづ》られていた。


『鎮之が私を追い越していく。幼い頃は私と同じものを描いていたのが、いまではまったく違うものを描くようになった。我が甥のことながら誇らしい。私は病気で間もなく死ぬ。叶うなら時間を逆戻りさせて、鎮之に花の描き方を請うてみたい。鎮之も私もいい花がたくさん描けた。とても楽しい日々だった。窓の外は満開の桜だ。ほんとうにいままで幸せな人生だったと感謝している』


視界が急速にぼやけていく。

窓の外に咲く桜を見ながら書いたのだろう、短いメッセージに涙がこぼれた。奥歯を噛み締めて堪えても堪えても、いくつもの涙が頬をすべり落ちていく。

「……俺が馬鹿だった」

九重の掠れた声がぽつりと室内に響いた。

死ぬ刻《とき》が近づいているとわかっていてもなお九重の絵の才能の開花を愛し喜び、短くも豊かであっただろう人生の終わりを素直に受け入れた最期の言葉は、彼を直接知らない本郷の胸をも揺らす。これほどせつなく、これほど誠実な言葉は他に見たことがない。

「馬鹿だったんだ、俺はほんとうに……なにもわかってなくて……疑ってばかりだった」

「九重さん」

振り向くと、九重は背を向けている。広い肩がかすかに震えているのを見て、思わずうしろから抱きついた。

「九重さん……九重さん」

大きく揺れる背中を強く抱き締めた。あふれて止まらない涙を、九重の背中に擦りつけた。

「叔父さんは、あなたを憎んでいたんじゃありません。九重さんと描いていた頃の楽しさを最期まで忘れていなかったんですよ。同じ絵を描くひととして——だから」

だから、尽きぬ愛情を込めて、死の間際まで九重の代表作である桜を彼なりに何枚も模写することで、心の中で甥を師と仰ぎ、教えを請い、敬意を表したのだ。小さな頃、自分を真似て絵筆を握っていた九重が華やかな成長を果たしていくことを、なにより喜んでいたのは、きっと彼だ。

五年前の九重はすでに画家としての名声を得ていたにしろ、世に出るきっかけとなった桜のシリーズしか求めてくれない世間に対して重圧を感じ、神経を尖らせていたのだろう。

その頃、折悪しく、絵心を育ててくれた叔父が亡くなってしまった。

失意に沈む中で九重は遺品を整理するうちに自分とそっくりな絵を何枚も見つけてしまい、

思わず動転したのだ。

なぜ、模倣したのかと疑ったのだろう。信じていた叔父さえも桜のシリーズしか認めてくれていなかったのかと誤解したのだろう。そして、ひょっとしたらずっと以前から疎んじられていたんじゃないのかと歪んだ答えを探り当ててしまったのだ。

でも、ほんとうは違う。真実の言葉は、絵の中で静かに眠っていたのだ。

剛胆に見えても、九重の心には危うい脆《もろ》さがある。肉親である叔父はとうに気づいていたのかもしれない。世間に打って出たことを一番に喜んだのが叔父ならば、真っ先に九重の未来を心配したのもきっと彼だろう。多くのひとびとの言葉に振り回され、疲れ果ててしまう九重をずっと見守りたいと願いながらも、病に冒されていた叔父は生きる時間に限りがあることがわかっていたはずだ。

だから、いつか、今夜のように、この言葉がどうしても九重にとって必要になるときが訪れるかもしれないことを案じて想いを紙にしたため、絵の中に隠したのではないだろうか。

叔父にとって九重というのは宝物に等しく、憎むなど論外で、互いに絵を描き合った過去を最期まで大切に守るため、あえて声にして伝えなかったのではないだろうか。そんな慎ましさが、繊細で可愛らしい野花を愛し続けた素朴な人柄から伝わってくる。

彼の身体に回していた手をふいに掴まれ、頬にあてがわれた。濡れた目元を拭《ぬぐ》わされ、本郷も微笑みながら泣いた。

九重らしい、泣き方だ。けっしてその顔を見せないし、声を殺しているけれど、いくつも落ちる熱い滴を、本郷は何度も指で拭ってやった。あやすように背中をさすってやった。

大の男が泣くことをおかしいなどと思わない。この正直さが九重の根本を支えているのだ。どれぐらい、そうしていただろう。大きく息を吐いて、九重がゆっくりと立ち上がった。本郷は手を摑まれたままだった。

背中を向けていた九重が一度強く頰を擦り、振り返った。紙片を渡すと、軽く頷いてジャケットの胸ポケットに収める。

「帰ろう」

「いますぐですか?」

「いますぐ」

「わかりました。とりあえず、ここ、少しだけでも片付けていきましょう」

九重の思いつきにはなにか理由があるのだと感じて、あたり一面に広がった叔父の遺品を片付けた。

灯りを消して家を出て、通りに向かう九重の足取りは早い。つまずきそうになるところをなんとか追いかけて、またもタクシーに乗り、九重宅へと向かった。

帰りの車中は完全な沈黙だった。ここまで張り詰めた空気を味わうのも、初めてだ。九重がなにをしたいのか、わかるようでわからない。

夜更けで都心に向かう道が空いていたせいか、かなり早く九重宅に着いた。

素早く精算し、車を駆け出る九重に本郷も必死についていく。

もどかしい感じで引き戸を開け、コート、ジャケット、ネクタイとどんどん脱ぎ捨てていく男はまったく口を開かず、しまいにはシャツも脱いで仕事場へと向かう。

散らばった服を両手に抱えた本郷が辿り着いたときには、九重は見慣れたTシャツ姿でバンダナを頭に巻き、床に置かれた和紙を覆う布をまくり上げていた。それから、作業机の隅に置かれていたアルミ缶と、大小さまざまな筆が入った容器も持ってきた。アルミ缶の表面をふっとひと吹きし、蓋を開くと、濃い墨の香りがゆったりと室内に広がる。

筆立てから一番大きなものを選んで口にくわえた九重が、背中を向けて和紙に手をつく。気合いを入れるためか、もう一度、バンダナの結び目をぎゅっと引き締める。

「……よし」

太く、確信に満ちた声を合図にして、黒く鮮やかな枝が白い和紙にぐうっと長く伸びていく様に、真うしろに立っていた本郷は目を瞠った。肩を盛り上がらせ、白い世界に黒々とした墨《ぼっ》痕《こん》を残していく九重の全身から強い炎が噴き上がっているようで圧倒される。

まるで彼自身が太陽のフレアみたいだ。短時間に爆発的なエネルギーを放出し、凄まじい火炎を煽り立てていくフレアといまの九重は、とてもよく似ている。

筆の動きに一筋の迷いもない。無駄もない。胸の中でずっと疼いていた誤解が消え失せ、再びよみがえった叔父への憧憬が強い力となり、九重をもう一度、和紙に向かわせているのだ。

瞬時に没頭していく九重の背後で、本郷は彼が脱ぎ散らかした衣服を畳んで隅に置き、黙って新しい始まりを見ていた。

灼熱《しゃくねつ》のビッグバンというのは、こんな感じなのかもしれないなと微笑んでいた。

それまではなにも動かない、なにも存在しない「無」が突然なにかをきっかけにしてぎりぎりまで凝縮し、限界を迎えるなり途方もない力で爆発して、広大な宇宙と煌めく星々の基を生んだ。生誕直後の宇宙は果てしない混沌《こんとん》が続き、星と星が激突して銀河となって煌《きら》めき、散っていった。そして、気が遠くなるような時間をかけ、生命の欠片が奇跡的に生まれて変化と進化を飽きるほどに繰り返し、ひとつの星に根付いた。

——そこに、俺と九重さんが、いまいる。そして、互いに新しい始まりに立ち会っている。

これが奇跡でなくて、なんだというのだろう。ひとの巡り合わせの数を考えたら、九重といま一瞬を分かち合っていること自体が夢みたいなものだ。

とても楽しい日々だった、と彼の叔父が遺した気持ちがよくわかる。

慣れた場を離れ、見知らぬ他人との出会いで心を揺さぶられることを恐れていた時期もあったのに、いまは違う。影響を受け、興味が薄かった分野に開眼し、変わっていける楽しさを実感している。

星々に生きる時間の限りがあるように、いつか宇宙が収縮して無に還るように、小さな個体の自分たちにも終わりがある。与えられた時間の中でできるかぎりのことを成し遂げた叔父の遺志を引き継ぎ、九重はもっと先へ進んでいくだろう。

彼が死んでも、自分が死んでも、絵は残る。そこに宿る魂もまた強く。そしていつか誰かの目に留まり、心を衝き上げるきっかけになるはずだ。

ずっと放っておかれていた桜に永遠の命が芽生える瞬間を目に焼き付け、本郷はそっと部屋をあとにした。

九重と出会い、振り回された挙げ句、ここまでついてきた自分を、少しだけ褒めてやりたい。

彼の再起を見届けた以上、仕事に私情を挟みたくない。好きだと告げる気もない。そもそも最初から、九重のほうは自分を単なる気晴らしの相手だと思っていたのだ。勝手に引きずられて好きになったなんて無様な真似を見せるぐらいなら、彼の叔父を見習い、胸に根付いた想いを封印したほうがいい。

──頭を冷やすんだ。最初の頃の感情に戻ればいいだけだ。

自分の役目は、ここで終わりだ。

まず、三日おきに九重《このえ》宅を訪ねることをやめた。言い訳はなんとでもなる。出版業界に属する人間なら誰もが忙しさに唸《うな》る年末進行が今年も始まったばかりだ。『どうしても仕事が抜けられないので』と言えば、いくら九重とて納得せざるを得ないだろう。

食事や洗濯といった家事も、いい大人なのだから自分でやればいい。もしくは、以前のように家政婦を雇えばいいだけの話だ。

しかし、生原稿をもらうときだけは、仕方なく、彼の自宅まで足を運ぶ。九重のイラストはデータではなく手描きだし、画家としての彼のクラスを考えれば、直接受け取るのが確実で、礼を尽くすことにもなる。

二週にいっぺん、九重の家を訪れると、毎回、むっとした顔が突き出てくる。

「まだ忙しいのか。仕事にケリがつくのはいつなんだ」

「ちょっと見えません。俺も週刊誌異動後の初めての年末進行で、仕事量が多すぎて、ほとんど家に帰れていないんです」

「だろうな。あからさまに目の下に隈《くま》ができてるもんな。メシ、ちゃんと食ってるのか？」

「一応、外食オンリーですけど」

「睡眠時間は？」

「一日、三時間が限界です」

疲れているのは事実なので、問われるままにぽつぽつ返すと、急に腕を摑《つか》まれた。

「だったら、うちで少し寝ていけよ。起きたらなんか食べるものをつくってやるから」

突拍子もない言葉に、一瞬、声が詰まってしまった。九重の奔放ぶりには慣れていたつもりだが、奇妙なやさしさを感じさせる言葉をかけられたのは初めてだ。

九重としては、さしたる深い意味も持たずに言っているのだろうが、好きだと胸に刻んだ想いがまったく薄れていない状態で、前のように彼とふたりきりで過ごすなんて、とても無理だ。

「いいえ、結構です。今夜は社に戻って、入稿作業が山のようにあるので。……原稿、ありがとうございます。また、二週間後に伺いますから」

「その間、一本の連絡もなしか？」

「ご状況を伺うために、お電話します」

玄関口で顔をしかめる九重は十一月だというのに、半袖のＴシャツ、スウェットパンツという軽装で、おまけに裸足だ。桜の絵を描き出したのと同時に、ゲームのキャラデザインやその他の仕事が押し迫っているのだろう。

無駄に喋《しゃべ》っている暇などないはずだ。一分でも早く、仕事に戻ってほしいと思う。そして、自分も一秒でも早く彼から離れて、乱れる胸をなだめたい。

「中身、チェックしなくていいのか」

イラストが入った封筒を手渡してくる九重と目を合わせず、「大丈夫だと思います」とだけ返した。

「九重先生のお力は信じておりますから。それじゃ、今回もほんとうにありがとうございました。できるかぎりのコメントをつけさせていただきます」

ひと息に言って背を向けようとした矢先に、もう一度きつく腕を掴まれた。

「いまさら、なんで逃げるんだ？」

「逃げてません。現に、ちゃんと原稿をいただくためにお邪魔しているじゃないですか」

「声を震わせて言うことがそれか」

玄関先で顔を近づけてくる男の体熱が伝わるようで、いたたまれない。

――この先もずっと、慰み者になるなんて我慢できない。もう、振り回されたくないから、一線を引きたい。

このままずるずると彼の言いなりになれば、いつまた身体の奥底まで触れられるかわからない。けっして、あんなことを期待しているのではない。ただ、心が通じないままに一方的に嬲《なぶ》られるのが我慢ならないだけだ。

――俺は真面目かもしれない。だけど、同時に救いがたい馬鹿だから、このひとの才能や、心根の強さに惚《ほ》れてしまった。でも、九重さんは一瞬の快感しか求めていない。身の回りの世話も、セックスの相手も、俺じゃなくていいはずだ。それがわかっていて、平然として彼に近づくことなんかできない。

何度か身体を重ね、同性を好きになったのはこれが初めてだけに、妙な意地が本音を押し隠してしまう。もし、勇気を振り絞って本心を告げたとしても、『なに言ってんだ、遊びに決まってるだろ？』と笑われたら、きっと立ち直れない。

天才肌の九重が、平凡な自分に求めているのは、便利性だ。いつでも替えが利いて、飽きたら捨てられる。

同じ画家の美馬《みま》と婚約したミキが寂しがっていたのを慰めるために一晩騒いだという、九重らしいと言えば九重らしいやさしさも知っている。叔父へ寄せたあふれんばかりの憧憬《しょうけい》も、知っている。

——でも、しょせんは違う世界の人間だ。

自分の中に強い炎の源泉を持ち、それをサイズの大小にかかわらず、絵にしてひとびとの心に訴えていく力を持つ九重と、さまざまな記事をさばいて世に送り出す一編集者の自分とでは、あまりに立場が違う。物事の考え方も、取り組み方もすべてが違う。

だから、苦しい言い訳を使おうがなにをしようが、ここで引き下がるのが正しい。自分にも少なからずプライドがある。九重の担当編集者といえど、プライベートにまで関わり、ましてや身体を差し出す必要などまったくない。

——そういうことが重なれば重なるほど、つらくなる。単なる性欲処理でしかないと自分を貶《おとし》める日が来る。それだけは嫌だ。俺の中に棲《す》む、一番いい時期の九重さんを大事にしておきたい。若くして成功し、誰よりも傲慢《ごうまん》で鼻持ちならない自信家で、大の遊び好きだとしか思っていなかったひとが、ずっと胸の中に尖《とが》った石を抱えていたせいで、本来の持ち味である大作に向き合えていなかった。絵の道を示してくれた叔父を敬愛し、一瞬は誤解して憎んだものの、真意が通じたいま、彼には怖いものはもうなにもない。

繊細な部分は、きっと叔父から受け継いだのだろう。ふてぶてしいまでの力強さは、生まれつきかもしれない。素直に涙する顔も、九重の大切な一部だ。

彼の涙を見たとき、身を引こうという決意ができていた。九重の純粋な素顔を見られただけでも、十分に嬉しい。綺麗《きれい》な想い出は綺麗なままに胸にしまい、前のようになんでもない顔でつき合っていけば、これ以上、振り回されることはない。

「……とにかく、またご連絡します。失礼します」

「おい、待てよ！」

九重が引き留めるのにも構わず、摑まれた手を振りほどいて駆け出した。なんだかメロドラマみたいだな、と自分を嘲笑《あざわら》うが、九重の手の感触がまだ残っている。とても熱い。

──もう忘れろ。仕事の波に溺《おぼ》れてしまえ。いい原稿を書くことだけ心に刻め。

くちびるを引き結び、会社に戻ると、夜になっても大勢の社員が忙しなく働いている。とくに、週刊誌のブラストは地獄まっしぐらの進行だ。本郷《ほんごう》が所属する富田《とみた》班だけでも年内に三回の校了がある。なにかとイベントの多いこの時期、本誌はいつもよりページが増すため、他の班と合同作業で仕事を片付けていかないと間に合わないのだ。

それ以外にも、『都内のレストラン名店ガイドブック』だの、『テーマパークを遊び尽くそう！』だの、『日本の秘湯巡り』だの、さまざまなテーマが掲げられた別冊企画本もある。会社に泊まり込み続け、近所のサウナで休むのが唯一のリラックスタイムだ、と同僚の伊沢《いざわ》が目をしょぼしょぼさせながら笑っていた。

ブラストに来てまだ約三か月だが、いままでは本郷にもびっくりするほどの大量の仕事が与えられている。とにかく、日に日に仕事が増加していくのだ。最初は九重のイラストコーナーだけだったが、読者プレゼントページもそつなくこなし、中心企画や別冊にも携わるようになった。

ブラストはエンタメ情報中心の雑誌だから、校了中に突発スクープが入ってきて慌てふためくということはないが、芸能ネタやジャーナリズム色が強い雑誌だと、新聞記者さながらのタフさが必要だと聞いている。

「あーもう駄目だ！　目が泳ぐ！　禿《は》げる！　眠い眠い眠い！　寝たい、寝たい、寝たい！」

突然の絶叫に驚いて顔を上げると、上司の富田が頭をかきむしっている。日頃、穏和な富田の混乱っぷりに、それまでざわめいていた編集部が一瞬にしてしんと静まり返ったあと、どっと湧《わ》く。誰もが疲れた顔をしながらも、富田の叫びが可笑《おか》しくて腹を抱えて笑っている。強面《こわもて》で知られている他の班長もひとしきり笑っていた。

「富田の雄叫び、今年もとうとう来たかぁー」

「アレ聞くと、ひしひしと年末の気分が味わえるよな」

「富田さーん、仮眠室、ちょうど空いたみたいですよ。ちょっと寝てきたらどうですか。印刷所から連絡が来るのはもう少し遅れそうだし」

「……そうする。悪いけど、二時間ばかり寝てくる。なんかあったらすぐ起こしてくれ」

ふらついた足取りで富田が立ち上がり、仮眠室に向かう途中、本郷の肩をぽんと叩《たた》いていく。

「九重さんのイラスト、もらった？」

「はい、ついさっき」

「オーケー。じゃ、僕が寝ている間に原稿、よろしく。起きたらチェックするから」

「わかりました。ちゃんと寝てくださいね」

「そりゃもう。横になったら即、気絶する」

苦笑してふらふら歩いていく富田が心配だが、ショートスリーパー型の彼なら、二時間も寝ればすっきりしてまた仕事に戻るだろう。

——その頃までには、俺も原稿を書き上げておかないと。

ざわつきを取り戻した編集部で、本郷は九重から預かってきた封筒を取り出した。折れ曲がらないよう、硬いプラスティックケースに入れた封筒からイラストをそっと引き出す。

丁寧にトレーシングペーパーがかけられている絵を見て、思わず息を呑んだ。

それまでの淡く繊細な水彩画とはまったく違う、太く艶々《つやつや》とした筆遣いで桜が描かれている。

九重本来の持ち味が完璧に戻ったのだ。

アトリエで見たものよりずっとサイズは小さいけれど、迫力は十分にある。

太い幹からしなやかに伸びた枝の先で花がほころび、散らしていく様子を、九重は見事に描ききっていた。余分な線は一本もなく、物足りなさもない。目を奪われる存在感に、知らずとため息を漏らしていたのだろう。隣からのぞき込んできた伊沢が、「へえ」と顔を輝かせた。

「九重さんの墨絵の桜、久しぶりに見たなあ。最近、ずっと描いてなかっただろ。いままでの淡いタッチの花々も趣向ががらっと変わっていて楽しかったけど、やっぱり、これぞ九重鎮之《しげゆき》の絵だって感じだよな」

「……うん」

九重の真心を尽くした絵に不覚にも目頭が熱くなったが、なんとか堪えた。この数か月の苦労が一気に報われたような気がした。自分という存在がとくに九重の役に立ったというわけではないけれど、節目、節目に立ち会うことができた。それも、いい方向へと向かう節目に。それだけで十分に嬉しい。

「よかったじゃないか、本郷。年末ギリギリの号にこれが載ったら、話題になるぞ。いい原稿、書けよ」

「ああ。頑張ってみる」

ひとつ頷《うなず》いて、シャツの袖をまくった。

そして、――もう、これで終わりにしよう、と心に誓った。

できることなら九重の企画は最初の約束どおり、一年間やりとおしたかったが、彼の絵に、存在そのものにここまで胸が揺れてしまうのでは、仕事にならない。いつか、誰かに迷惑をかけるかもしれないし、その前に自分が完全に壊れてしまうかもしれない。

——卑怯《ひきょう》かもしれない。でも、俺はもう、一線を引きたい。今回の絵にコメントをつけたら、富田さんや伊沢に事情を話して、あとを引き継いでもらおう。ここまで九重さんの力が戻った企画なら、誰でもやりたがるはずだ。

一度引き受けた仕事を中途半端な形で投げ出すのかと考えると気が滅入るが、やはり、ビジネスライクに徹することができないほうがつらい。続けるにしても、やめるにしてもリスクは相応にあるだろうが、いたずらに傷を深めてしまうぐらいなら、早いうちに身を引いたほうがいい。

これが、最後のコメントだ。本気で勝負してきた九重に、自分はなにをどう書こうか。

なぜ、いままで彼が墨絵の桜を封印してきたのか、自分が目にしてきた真実をあからさまに書くことはできない。だからといって、唐突に、「九重本来の持ち味が戻った」と言うのもどうかと思う。

そもそも、ブラストで始まった九重のイラストページは、新鮮で可愛らしい野花が中心だったのだ。やさしい色合いで描かれた花々を楽しんでくれていた読者が、いきなり墨絵の桜を目にしたら、当然驚くだろう。

けれど、どれもこれも、九重鎮之というひとりの男から生まれ出たものだということだけはしっかりと言葉にして伝えたい。

耳栓をして雑音を遮断し、パソコンのモニタと手元に置いた桜を交互に見つめているうちに、冴え渡る意識が鋭い矢となり、たったひとつの的に向かってぎりぎりと引き絞られていく。

――書けるだろうか。書けるはずだ、いまなら。自分を信じろ。九重さんに、あのひとの絵に惹かれた自分を信じて、ありったけの力を出せばいい。

本郷は夢中になってキーボードを叩き始めた。

身体の芯からくたくたに疲れる日々が続いた。伊沢の仕事を手伝い、他の班からも「ヘルプを頼む」と言われ、時間は飛ぶように過ぎていった。カレンダーはとうとう最後の一枚となり、クリスマスまでわずか一週間となったあたりで、本郷は眠気が抜けきらない頭で昼過ぎのブラスト編集部に出社した。昨日まで三日ぶっ通しの完徹校了があっただけに、編集部はいつもよりひとが少なめだ。

しかし、隣の伊沢はすでに出社していた。彼は、本誌以外にも別冊のページを大量に抱えているから、この一週間、帰りたくても帰れないらしい。会社で合宿する状態で、着替えやひげ剃りなどのセットを持ち込んでいると聞いていた。

「あー、本郷。早いな。もう少しゆっくりしてたらよかったのに」

「なんか変に神経が尖って、うまく眠れないんだ。どうにもならなくなったら仮眠室に行く。それに明後日から別冊の校了だろ。伊沢の仕事、オーバーしているものがあったら手伝うよ」

「おっ、助かる助かる。じゃあ、遠慮なく頼むわ。チェックしなきゃいけない初校紙がまだ八十ページ以上もあるんだよ。俺もさすがに絶叫しそう。二十ページだけでもおまえに見てもらえるといいんだけど」

「わかった。いいよ」

シャツの袖をまくり上げていると、伊沢が可笑しそうに笑う。

「もうすっかりブラストの一員だな。ここに来たての頃は、仕事の速さにびびってただろ。おまえが前にいたフロンティアに比べたら、部署の雰囲気も結構殺伐としてるしさ。大丈夫かなって思ってたこともあったけど、馴染《なじ》んだよな。週刊誌のやり方、やっと慣れてきたか？」

「そうだな。うん、……だんだんおもしろくなってきた」

苦笑して、本郷も頷く。

「俺は世間の流行とは疎い部署にいたから、ここでの仕事はほんとうに驚かされることばかりだったよ。あっという間に廃《すた》れるブームを追っかけてなにが楽しいんだろうって思ってた時期があったのも事実だけど……なんていうか、いつも新鮮なニュースに触れられるのって、楽しいよな。勢いに身を任せてもいいかって、いまは覚悟できてるよ」

「その調子その調子。本郷だったらやっていけるって」

赤ペンを振り回す伊沢が、「でもさ」と声を落とす。

「ほんとうに、九重さんの企画降りるのか？　せっかくいい感じでアンケートも上がってたのに、俺が引き受けていいのか？」

「いいんだ。俺のセンスじゃ九重さんをカバーできないから、伊沢に任せたい。ナイトシステムの広報の瀬木《せぎ》さんにも、ちゃんと言ってある」

九重の企画を伊沢に譲るというのは、ここ数日で極秘裏に進めていたことだ。むろん、上司の富田にもなんとか了承してもらった。『降りたい理由は？』と聞かれるのがなによりつらかったが、『私の鈍いセンスでは九重先生にご迷惑をおかけしてしまうので』と答えるほかなかった。

『せっかく本調子を戻されたことでもありますし、そもそも門外漢の私が担当するよりは、アート関連の情報にも強い伊沢に任せたほうが、もっとうまくいくと思います』

苦しまぎれの言い訳に富田はずいぶんと考え込んでいたようだが、最後には本郷の意志を尊重してくれた。

『あの企画で九重さんの絵が変化していくのがおもしろかったのはもちろん、きみ自身の固い殻が破けていくのが僕としてはほんとうに楽しかったんだけどね。いい原稿を書いていたじゃないか』

『申し訳ありません。でも、いまはこれが限界です。いずれまた、こういう企画を持たせてもらえるよう、精進します』

最後は強く言い切った。

明日にはもう、伊沢が九重宅を訪れ、担当変更を伝えるついでに次回分のイラストをもらうことになっている。担当引き継ぎとして自分も同行しなければならないだろうが、数十分の我慢だ。たとえ罵倒《ばとう》されても、頭を下げ続けるしかない。

とにかくもう、振り切りたい。胸の中で燻《くすぶ》り続けている想いを吹き消してしまいたい。そうするためには、伊沢を手伝い、仕事に没頭するのみだ。

「伊沢、さっき言ってた別冊の初校紙だけど」

言いかけたところで、隣席の伊沢が突然緊張した顔で立ち上がった。

「……九重先生！」

ぎょっとして振り返ると、コートの襟《えり》が立ちっぱなしの九重が部署の入り口に立っている。左手に握り締めているのは、一昨日発行されたブラストの最新号だ。彼のところには見本誌を郵送しているから、きっとそれを持ってきたのだろう。

いったい、なんの用で編集部まで来たのか。無表情の九重を見ているだけで、背中にじわりと汗が滲《にじ》む。

ただならぬ気配を察した伊沢が立ち上がり、「あの」と呼びかけた。

「九重先生、なにかご用でも……」

「本郷くんに話がある。ちょっと借りる」

「は、……あ、はい、どうぞどうぞ、もちろんです」

一方的な発言に毒気を抜かれたらしい伊沢の横で、どうぞじゃないだろ、と言い返したい本郷は顔を強張らせていたが、猫か犬相手のように九重にひょいと襟首を掴み上げられた。

「な、……なにするんですか！」

「話があると言っただろう、聞こえなかったか」

凄味《すごみ》をきかせた声には逆らえない。伊沢や他の編集者たちの不安そうな視線に、大丈夫だと頷くのがやっとだ。

「わかりました。行きますから、放してください」

「駄目だ」

断言されてしまえばどうしようもない。これ以上周囲に失態を見せまいと、慌ててコートと鞄《かばん》を持ってフロアを出た。襟首を掴まれたままなのが屈辱的で、一階のロビーではすれ違う社員に目を丸くされたが、九重も一向に手をゆるめてくれない。

会社の前を通りがかったタクシーに乗り込み、九重の自宅の住所が告げられた。

車内ではさすがに襟首を放してくれた。しかし、代わりに痛いぐらいに左腕を掴んでくる。これと似たような状況が前にもあったなと笑える余裕があったらいいのだが、緊迫した状況ではそうもいかない。

冬の午後の冴えた陽射しがあたりを輝かせる中、タクシーが九重宅前で停まった。

無言で車内から引きずり出され、家の中に押し込まれた。怯《おび》えて振り向くと、九重は剣呑《けんのん》な顔つきだが、これ以上力にものをいわせてくるのではないことは気配でなんとなく感じられた。

「こっちに来い。話したいことがある」

言われたとおり、居間についていった。暖房を効かせた室内で、「座れ」と命じられたので従った。コートを脱いだ九重がみずからお茶を淹《い》れてくれたことには、さすがに驚いた。

「飲め。おまえが淹れるやつほど旨くないだろうけど」

「……いただきます」

湯飲みを摑んで、熱い日本茶を啜《すす》り込んだ。茶葉を入れすぎているせいか濃すぎる味だが、不味《まず》いわけでもない。むしろ、ぎりぎりまで張り詰めていた神経がお茶の熱さでゆっくりほどけていくようだ。

「おまえ、このコーナーを降りるつもりか?」

すぐ隣に腰を下ろした九重に直裁《ちょくさい》に訊《き》かれたことで、つかの間ゆるんだ神経が強く引き締まる。九重は、ブラスト最新号に掲載されている自分のページを開いて押しつけてくる。そこには、これが最後、と思って書いた本郷のコメントも掲載されている。

「降りるっていうのは……」

誰から聞いたのかと口を濁す本郷に、九重はますます顔をしかめる。

「今回のコメント、どういうつもりなんだ。俺との決別宣言か？」

「いえ、……九重さんからいただいたイラストにふさわしいコメントをつけたつもりです。お気に召しませんでしたか」

「気に入った。いままでで一番のコメントだ。でも、気に入らないという点でも一番だ。なんなんだよ、これは。俺に直接なにも言わないで、誌上でおまえがひとり勝手に別れを告げてるのかよ。こんな勝手な話があるか？」

　声音は淡々としているが、強い怒りを感じる。それで頭に血が上るのもどうかと思うが、九重だけには隠しておきたかった本音をあっさり見透かされた恥ずかしさに、何度もくちびるを噛《か》んだ。

「別れなんて、なに言ってるんですか。誤解も甚だしいです。だいたい、俺とあなたは別れるもなにも、つき合っていません。仕事だけの関係じゃありませんか」

「本気で言ってるのか」

　ぎらりと底光りする視線で射抜かれ、気をしっかり持っていないと、言い返すこともできなくなりそうだ。

「本気で言ってます。俺はこれ以上、九重さんのそばにはいられません。だから、コーナーも他の編集者に引き継ぎます。そいつは俺よりもっと感性が優れてて、文章もうまくて」

「本郷、正直に答えろ。おまえは俺が好きか」

「なに、言って……」

突きつけられた鋭い言葉に、絶句してしまった。

「好きか嫌いか、どっちなんだ?」

あまりにストレートな言葉が胸を大きく揺らす。

——嫌いだと言え、言ってしまえ。そうすれば、みっともない真似をすることもなく、すべて終われる。九重さんは俺に呆《あき》れて、コーナー担当を降りることに頷くはずだ。そして、この先、もっと雄大な絵を描いていくはずだ。だから、嫌いだと言うんだ。俺はもう、ついていかない。はっきり言うんだ。あなたなんか嫌いだと言ってしまえ。

頭の中が熱くなるほど自分を追い込み、口を開こうとした矢先に、開いたままのページのコメントが視界に飛び込んでくる。

これを最後に、九重への想いを絶とうとした文章は、いままでのどれよりも自分の心に素直になったものだ。

『春が来るまでひっそり佇《たたず》んでいた桜の蕾《つぼみ》が弾けた瞬間、嬉しさとせつなさが交錯する。九重の描く桜は、出会いと別れの記憶を数多く刻んでいる。懐かしい友情も失った愛情も忘れないようにと私たちを勇気づけるのだ。』

九重への愛情を断ち切れるはずだと、自分に言い聞かせた。散々振り回されたことも、いつかはいい想い出になるはずだ。春が訪れるたび、桜を見るたびにきっと胸が揺れてしまうだろうけれど、この墨絵に想いを封じ込め、懐かしいと思える日を待とうと必死に言い聞かせて書き上げた文章は、初めて書き直しなしで掲載されたものだ。

百文字ぴったりのコメントの裏に隠された意図を、九重は鋭く読み取ったのだろう。

気づくわけがない、と思っていた反面、どこかで気づいてほしいと思っていた自分がいたのも、事実ではないだろうか。結局は自分も独りよがりだったのだと怒りと恥ずかしさがない交ぜになって、ろくに息継ぎもできない。

「本郷、答えろ。俺を嫌いなのか」

「……好きに決まってるでしょう！　なんなんですか、あなたってひとは！　いまさら、こんなこと言わせないでくださいよ！」

静かで威力に満ちた声に、神経が一気に焼き切れた。

口が裂けても、嫌いだなんて言えない。嘘《うそ》をつくのは性分じゃない。

「最初は何様なのかって神経を疑ってましたよ。遊び人だし、横柄だし、散々俺に触れてきて……勝手なことばかりして……、でも、九重さんの絵はやっぱり凄味があって、目が離せなくて……あなたなんか知らなきゃよかった。俺に触らないでくれてたらよかったのに！」

九重との出会いがなければ、いつまで経っても自分というのは固い殻を破れず、感性も鈍っていくままだっただろう。それは雑誌編集者としても、ひとりの人間としても致命傷だと思うが、誰かをここまで心から好きになった経験がないだけに、逆上してしまう。

あふれ出る真情に熱くなる頰《ほお》を乱暴に擦り、かすかに滲む目元も拭《ぬぐ》った。九重の前だと、どうにも感情の制御がうまくできない。

「もともと、俺とあなたとでは立場が違いすぎます。俺は一介の編集者で、九重さんは高名な画家です。九重さんはもう、以前とは違います。前よりもっと素晴らしい絵が描けます。繊細な野花も美しい桜も描いて、大勢の目に留まります。だから俺は、もうこれ以上」

「おまえの目に留まらなかったらなんの意味もないだろうが！」

怒声とともに太い腕が伸びてきて、思いきりきつく抱き寄せられた。

身構えていなかっただけにすっぽりと広い胸に抱かれてしまったことにしばし呆然《ぼうぜん》としたが、九重の吐息を首筋に感じたとたん、躍起になって背中を叩《たた》いた。

「放してください、馬鹿なことしないでください！」

「断る。俺は、おまえを離さないって決めたんだ」

「そんなの……勝手に……」

「嫌なら本気で俺を殴って逃げろ。できないことはないだろ。おまえだって男だろうが」

「……っ……！」

本気で抗《あらが》ってもびくともしない逞《たくま》しい背中が、真実を明かすことをためらうように二度、三度と大きく膨らんだ。

「俺を泣かせておいて、勝手に離れるな。ひとりにするな」

彼らしくもない掠《かす》れた声がじわりと鼓膜に染み込み、力が抜けてしまう。

「九重さん……」

「おまえがいなかったら、俺は多くのことを誤解したまま、いつか筆を折っていたかもしれない。叔父のことも、俺自身が描く絵のことも、安易な決着をつけて終わっていたかもしれないんだ。でも、おまえが俺の目を覚ましてくれたんだ」

何度も抱き締められるのが嘘みたいだった。髪をまさぐるやさしい手に、夢を見ているような気がした。九重の口から聞く言葉さえも、まだ現実のものとは思えない。

「おまえに出会う直前の俺は、惰性で描いているようなところがあった。いずれ、このまま枯渇していくんだろうとも思っていたよ。あの頃はもう、桜を描く気力はなかったからな。でも、おまえがあんまりにも素直で馬鹿で真面目すぎるぐらいに刃向かってくるから」

ふと顔を離して、九重が笑いかけてくる。九重の自然な笑顔を見るのは、久しぶりだ。

いい大人になってもなお、美しい純粋さを心に残した者だけが持てる笑い方に見とれているうちに、視界がだんだんぼやけていく。

「頼む。俺のそばにいてくれ。おまえが好きなんだ」

「……九重さん……」

「おまえには、これからも俺の描く絵を見てほしい。俺も、おまえの綴《つづ》る言葉が変わっていくのを見るのが楽しいんだ。それにおまえが一番好きな金星の話、まだ俺に話してないだろ？あれを話すまでは俺のそばを離れるな」

「なに言ってるんですか、もう……いつも勝手なことばっかり」

歳上の男の言葉に泣き笑い、肩に頬を押しつけた。不甲斐ない涙を見せたくないのに、九重が顎《あご》を摑んでくる。

いつかの自分がしたのと同じような仕草で、頬にこぼれ落ちる涙を指ですくい、舐《な》め取る九重が微笑《ほほえ》む。

「お互いにまだまだガキだな。なにかあると、すぐ感情がぶれるだろ」

「そんな……しょっちゅうぐらぐらしてるわけじゃありません。九重さんが泣かせるようなことを言うときだけですよ」

「俺だってそうだ。だから、バランスが悪い者同士、一緒にいたほうがいいんだよ」

我《わ》が儘《まま》なことばかり言う男の胸から本郷はつと離れ、その精悍《せいかん》な面差しをあますところなくじっと見つめた。意志の強さを思わせるまなざしに、深い情熱を宿すくちびる。

自分だけを求めてくれるいまという場面を、消えない絵にして胸に閉じ込めてしまいたい。

それから、「はい」と微笑んで九重の首にしがみついた。

「俺が好きな金星については、またあとで話します。でも、一番好きな星はじつは木星なんですよ」

「おまえって奴は」

笑い声を上げて、九重が頬にくちづけてきた。

「寝室に行こう」

「……はい」

いままでに聞いたことのないやさしさと熱のこもる声に、本郷も素直に頷いた。

互いに、自分の気持ちに初めて正直になった一瞬を分かち合えた気がした。それは、言葉にも絵にもできない、なによりも大事なものなのかもしれない。


「……ここの絵、片付けたんですか」

「ああ、気兼ねなくおまえを抱こうと思ってたから」

気兼ねなく抱く、という剛胆な言葉に顔が赤らむ。

九重に手を引かれて入った畳敷きの寝室には一組の布団しかなく、周囲に散らばっていたスケッチは綺麗《きれい》に片付けられている。

布団しかない部屋というのは妙に淫猥《いんわい》で、落ち着かない。九重が好きなようにスケッチを散らしていたときのほうが雑然としていて、良くも悪くも抱き合っている最中に気をそらすことができた。

　──だけど、今日は無理だ。

　庭に繋《つな》がる障子を閉め切っていても、昼間のやわらかな陽射しが室内を満たしている。

「あの、俺、……まだ仕事中なんですが……」

「それぐらい、うまく言いつくろえ。いまは俺に抱かれるほうが先だろ」

　うなじを摑んで引き寄せてくる男の胸を叩いたが、本気ではない。あぐらをかいて座る九重に腰を摑まれ、身体のバランスを保つのが難しい。羞恥《しゅうち》を押し隠すために、くちびるが触れる直前まで意地を張って瞼《まぶた》を開けていた。雰囲気に流されて、九重の意のままに抱かれるのは悔しい。

　そのことに気づいたらしい九重が、わざとくちびるを避けて額や鼻筋、頬に軽くくちづけてくる。やさしいキスを顔中に降らされて、焦れったい。

　くちびるのすぐ脇にくちづけられたときにはとうとう我慢できず、吐息を漏らしてしまった。

「この間は無茶して悪かった。今日はちゃんと抱く。男に抱かれるのは俺が初めてなんだろ？」

「……そうです」

　彼の両膝に手をついた状態で見上げると、九重は楽しげな顔だ。Tシャツの襟元からのぞく鎖骨の溝が深く、同性としても妬《ねた》ましいほどの男っぽさだ。

「だったら、ちゃんと最初からしてやる。おまえ好みのやり方でな」

「そんなの、なんでわかるんですか」

「おまえのことが好きだから、わかるんだよ」

微笑みながら、九重が首筋に嚙《か》みついてきた。ねろりと熱い舌を鎖骨から顎へと逆向きに這《は》わされることで、薄い皮膚の下に眠る官能がゆっくりとざわめく。

「……っぁ……」

前に抱かれてから、もうずいぶんと日が経つ。九重の感触が忘れられなかった。それでも、飢えているとは思われたくないから懸命に声を殺したが、髪を無造作にかき上げられ、しつこいほどに首筋を舐め回されると、しだいに、じぃんとした熱い痺《しび》れのようなものが首筋から抜けなくなっていく。

うなじにこもる熱に限界を覚えて呻《うめ》きながら顔をそむけると、シャツの上から胸に手が貼りついて淫靡《いんび》に動き出す。

「っん……」

そこを弄《いじ》られるのには、まだ抵抗がある。だいたい、男なのに胸を弄られて感じるのはどうなのかとおのれを叱りたいのに、九重の手がどう動くのか目が離せないのもほんとうだ。

しゅっ、とワイシャツを擦り、胸の尖りを目立たせるための九重の指遣いに魅入られていた。

「……こ、のえさ……」

普段ならなんの意識もしない場所をねちっこく擦られ、しだいに火が点《つ》きそうだ。両方の乳首をつままれ、こね回された挙げ句に、シャツの上からくちゅりと甘く吸われた。

「……あ、……っ！」

布越しのもどかしい感覚に、早くも降参してしまいそうだ。

「右のほうが感度がいいみたいだな」

笑う九重にくちゅくちゅと右の乳首を舐《ねぶ》り回され、左の乳首も痛いほどに揉《も》み潰《つぶ》された。くちびるの愛撫《あいぶ》だけでも感じてしまうのに、親指と人差し指の間で転がされ、根元にきつく爪を立てられるのもたまらない。

「や、……いやだ、……このまま、じゃ……っ」

「なんだ、どうしてほしいんだ？」

シャツがじっとりと濡《ぬ》れて肌に貼りついてもまだ舐められて、もどかしさが一層募る。シャツを脱がされ、直接、舐められたときの鋭い快感を未だ忘れていないけれど、みずから口にするのもためらう。性器を弄られてどうしようもなくなるならともかく、乳首への愛撫をねだるのはさすがにつらい。だが、九重は余裕たっぷりに笑い、布地越しにぴんとそそり立つ肉芽に齧《かじ》りついてくる。

「……っは……っ」

「このままでいいのか？　シャツの上からでも目立つぐらいに尖ってるじゃないか。おまえがいいって言うなら、俺は構わないけどな。このままじゃ……、シャツ、破けるかもしれないぜ」

「……っく、っ……！」

ギリッと乳首の根元を嚙まれ、衝き上げるような快感に激しく頭を振った。

このままじゃ、ほんとうにおかしくなる。

「シャツ、脱がして、ください……」

「わかった。それから？」

「……っ……、して、……」

「なにを？」

シャツのボタンをはずす間も執拗に問いつめてくる男を睨《にら》み据えたが、欲情に赤く染まる目縁では、たいした説得力がないことは自分でも承知している。

「胸、……触って、ください……」

「触るだけでいいのか？」

やっと邪魔なシャツを脱がしてもらえて、裸の胸に吐息が触れるだけで、ああ、と喘《あえ》ぎがこぼれる。

さっきまで散々舐められていた乳首を直接指でねじられて、思わず深く息を吸い込んだ。

「あ、っ、あ——あ、あ……」

赤く、ふっくらと腫れたそこを弄り回され、自分でもどうしたのかと思うほどの甘ったるい声が次々にあふれ出してしまう。

こんなのは自分じゃない、はしたない声を上げるなんてどうかしていると諫《いさ》めても、九重の指にしっかりと捕らえられてぐりぐりと揉み込まれる乳首が狂おしいまでに疼《うず》き、もっと深い愛撫をねだらせてしまう。性器も触ってほしいけれど、いまはとにかく目先にある快感しか追えない。

「……っ……もっと、……して、……もっと……」

「指だけじゃ満足できないのか？　これ以上したら形、変わるぞ。いいのかよ、俺にしか見せられない身体になっても」

にやっと笑う九重を涙混じりに睨み、「……あなたが、そうしたくせに」と声を振り絞った。

「ああ、そうだ。おまえにとって、俺は最初で最後の男だからな。徹底的に感じさせてやる」

はっきりと指摘されたことで、余計に意識の逃げ場がなくなる。身体はとっくに九重に捕まっている。だったらもう、みっともなくてもすがるしかない。ようやく心が繋がったいま、九重だけに与える身体なのだと自分に言い聞かせ、痴態を晒《さら》すしかない。

「お願いだから、前みたいに……してほしい」

「なにを」

「舐めて……、噛んで、……前みたいに……たくさん、弄ってください」

淫《みだ》らな言葉を口にするたび、身体がぐずぐずに蕩《とろ》けそうだ。

「前よりも、だろ」

「——っあ……！」

くちびるで乳首を挟まれ、ねっとりした舌が巻き付く。頑丈な歯できつく、弱く、強く嚙み転がされ、熱い芯を孕《はら》んで硬く勃起《ぼっき》する乳首を甘く吸われると、びりっと電流のような激しい快感が脳天を突き抜け、もう我慢できなかった。

「……いい……ぁっ……九重、さん、も、ぉ、……イ、く……っ」

九重の首にしがみつき、思いきり上体をしならせて射精した。

「あ……っ……あ……っ」

泣きじゃくりながら、吐精を続けた。スラックスも下着も穿《は》いたままだったので、とろとろと熱い滴がこぼれ出て太腿《ふともも》に伝い落ちていくのが恥ずかしくてどうしようもなかった。

「乳首を弄られただけでイったのか？　ずいぶん溜めてたのか」

「う……」

くすくすと笑う男に身体中が沸騰しそうだ。絶頂の直後ではどこをどう触られても、次の快感を呼び寄せる起爆剤になってしまう。

「見せてみろ」

「や、……っやだ、いやだ、待って、見ないでください……！」

無駄だとはわかっていても、抗わずにはいられなかった。堪えきれずに服を着たまま達してしまったのを暴かれるのは、死ぬほど恥ずかしい。

「いいから脱げって。俺が抱けないだろうが」

「いやだ、もう、自分で脱ぐから、触らないでください」

手足をばたつかせたが、力に差がある九重に押さえ込まれて徒労に終わった。

「スラックスまで濡らしたか」

ぐちゅっ、と濡れた音が響き、羞恥《しゅうち》に身を竦《すく》めた。精液でべっとりと濡れたスラックスと下着を引き剝《は》がされる間も九重の指が肌に触れて、ぞくぞくするような感覚がほとばしる。

——つい一時間前までは、仕事をしていたのに。

まさか、昼間から九重に抱かれるとは思わなかった。だけど、止めようにも止められない。

いまもし、途中で止められてしまったらつらいのは自分だ。理性という薄い膜を剝がされ、剝《む》き出しになった快感をさらにきわどく昂《たか》ぶらせてもらわなければ、気が狂う。

「ちゃんとしてやる、って言っただろ？　おまえがもっとよがり狂って泣くぐらいのことだけはしてやる」

「な……っ！」

胸の裡《うち》を読んだかのような言葉にとまどっていると、身体を起こされた。

「俺の服も脱がしてくれ」

自分よりも一回り逞しい身体に貼りつくTシャツの裾を摑む指先が、細かに震えていた。冬場だが、室内は暖房が効いているせいか、九重の身体もうっすらと汗ばんでいる。自分のしていることに怖じけてどうにかなる前に、下も脱がせた。とっくに勃《た》ちきった肉棒は淫らに充血し、先走りで濡れる亀頭がぬらぬらと光っている。自分と同じものだとはいえ、どうしてこうもいやらしく映るのか。ごくりと息を呑んだことが可笑しいらしく、両手を摑まれた。

「おまえに触ってほしい。俺もおまえに触りたい。全部」

「……はい」

熱く湿るそこに触れただけで、頭の中がぼうっと白く蕩けていく。九重のものは根元がとくに太い。硬い繁みに覆われた部分を指先でかき回し、先端に向かってぎこちない感じで扱き上げると、軽い呻きが聞こえてきた。手の中で、びくんと脈打つ感じにそそられてたまらない。先端の割れ目がひくつくたびに透明な滴がとろっと垂れ落ち、腰の奥でずきりとした痛みのような快感が蠢《うごめ》く。

一度達した本郷の性器にも、指が絡み付いてきた。濡れたままのそこを弄るのは止めてほしいと懇願したが、九重が許してくれるはずがない。ぬちゅりと滴る音を響かせながら、大きな手でゆるく擦られた。自分のつたない手つきと比べると段違いで、早くも息が切れてしまうのが悔しい。

「九重さんのここ……、前も思ったんだけど、俺より、すごく大きい……」

「だろ？　だから、今日はおまえに無理をさせたくない。つらいようなら、途中で止めるからちゃんと言え」

はい、と言えたかどうか、定かじゃない。身体を裂かれる痛みは未だ記憶に根強く残っているが、もっと深く繋がることでしか得られない、熱く蕩けた感覚も覚えている。

――あれを、いまの俺は欲しがれるんだろうか。もう一度、九重さんを受け入れられるんだろうか。

「……ん……」

くびれの部分を淫猥に締めつけられ、呼吸が浅くなる。また先端から滴があふれ出し、九重の指を濡らしてしまう。それがいたたまれなくて、つと彼のものから手を離したときだった。ぐっと胸を押されてバランスを崩して布団に倒れ込み、慌ててもがいた両足首を掴まれて高々と掲げられた。

「あ、あっ、や、ま、って、待って……！」

窮屈な窄《すぼ》まりに、九重の舌がくちゅりとねじり込んでくる。

「あ――……っ！」

まさか、最初からそこを舐められるとは思っていなかった。九重と繋がるなら、もう一度、時間をかけてほぐしてもらわないと無理だとは思っていたが、指よりも先にねっとりした舌が這いずり回ることに死にたくなるほどの羞恥がこみ上げてくる。

「いやだ、そんなとこ、舐めないでくださ……っぅ、——んぁ……っ」

男同士のセックスでそこを使うことは、九重との一度きりの経験でわかっている。衝撃をゆるめるためにただ濡らすなら、ローションやクリームを使えばいいじゃないかと思う。本来なら排泄《はいせつ》器官であるそこを食べ物を咀嚼《そしやく》するように肉厚の舌で舐められ、蕩けさせられるなんて論外だ。こんな恥ずかしいことをしてまで、九重を受け入れるのだろうか。少しひくつき出したところでめくれ上がる縁をきわだたせるように囓られたときには、ぞくっと背骨がたわむほどの刺激が滲み出す。

「ん——っ、あ、っ……！」

じゅるっと肉襞《ひだ》を啜り込む音に悶《もだ》え狂い、奔放に四肢をのけぞらせた。綺麗に折り込まれた敷布がぐしゃぐしゃになってしまうほどに。隠したくても、どこも隠せない。ただもういまは、舐めしゃぶられるよりも強い愛撫を欲しがる下肢の凝りをどうにかしてほしかった。

「九重、さん……九重さん……」

うわずる声に、ゆっくりと指が挿ってくる。緩慢な動きで、最初は一本だけ。唾液《だえき》で存分に蕩けた孔の中にやっと硬いものが挿ってきて、声にならない吐息が細く漏れ出た。

「感じるか？」

「……っん……」

九重の声にも、指遣いにも、肌がやけにざわめく。ぬちゅ、くちゅっ、と指が肉襞を引っかき、斜め上向きに擦られると思わず腰がずり上がる。

「ん、ん……！」

「本郷が感じるのはここか」

指を増やされて拡げられ、そこを執拗に擦られるたびに、熱く潤っていく。火照る肉洞の奥が指よりもっと太く大きなものを欲しがって蠢くのが、自分でもわかるぐらいだ。

——欲しがっている。求めている。

そのことをまだ認めたくなくて、腰をよじることでもやもやとした燻りを消そうとしたが、指を咥《くわ》え込まされている状態では逆に疼きがひどくなるばかりだ。

「……ん、は……っ……」

おかしくなるぐらいの愛撫をほどこされたせいか、余韻を残すように指がいやらしく抜け出ると、もう駄目だ。空虚感に耐えられない。ついさっきまで弄られていた粘膜がうずうずして、我慢しようにもくぐもった声が出てしまう。時間をかけてこじ開けられたそこがひくつき、九重自身を欲しがっている。

丹念な愛撫を止めなければ、九重はいつまでもこの先をしてくれなさそうだ。

「九重さん……」

啜り泣きながら、九重に向かって両手を伸ばした。

欲しくて欲しくて、せっぱ詰まってしまう。

「……九重さん、抱いてください。このままじゃ、おかしくなるから……挿れて」

「いいのか？　無理はさせたくない」

「いい、欲しい、していい、いいからほんとうに、九重さんなら」

「くそ、あんまり煽《あお》るな。本気で止まらなくなったらどうすんだよ」

正面から組み敷いてきて、猛ったものを尻の狭間にあてがってくる九重が、ぐっと眉《まゆ》をひそめる。彼のほうでも、この身体のきつさを覚えているのだろう。何度か息を吐き、大きく張り出した先端を少しずつねじ込んでくる。

「……あ、……くっ……ぅ……！」

力の加減もなしに貫かれるのも肉体的につらいが、全身に火が点きそうな濃密な愛撫を受けた状態では、様子見をしながら抱かれるのもかなり酷だ。

「ん、んん……っ」

抉《えぐ》り込まれる感触に我慢できず、みずから快感に誘い込むようにして腰をよじり立てた。その仕草に、九重も抑えが利かなくなったようだ。頭をかき抱いてきてくちびるをふさいでくるなり、がむしゃらに突き動かしてくる。

「んっ、ん、ンぁ……ッ……！」

淫らな蠢動《しゅんどう》を続ける粘膜を雄々しい男根で思いきり擦られ、頭の中まで犯される気分だ。

ひくつき、濡れて、蠢く内側のどうしようもなく浅ましい疼きのひとつひとつを弾けさせるために、ぐしゅっ、ぬちゅっ、と腰を強く打ちつけてくる九重にしがみついた。

「この、えさ……っ」

汗に濡れる皮膚が触れ合うのがたまらなく嬉しくて、疼かされた。

九重に出会う前までは、同性に抱かれる可能性など万にひとつも考えたことがなかった。なのに、いまこうして、互いに硬い骨を忍ばせた身体で抱き合い、薄い皮膚まで擦り合わせてとけ合おうとしている。

「あ、……なに、九重さん……な、にして……やだ、抜かないで……っ」

一度抜かれてしまって驚いていると、身体を起こされて抱き合う格好で、もう一度深々と下から貫かれた。ずん、と腹の底にまで響くような快感が苦しいほどにいい。自分の重みでさらに最奥まで突き刺され、嬌声《きょうせい》を上げてしまった。

腰を掴んで揺さぶられているうちに、じわっと身体の奥から煮詰めた蜜が滲み出すような錯覚に襲われる。

「あ……あ、ん……あ……っ」

蜜の在処《ありか》を九重にも知ってほしくて、無意識に本郷自身も腰を揺らし始めた。九重の動きとシンクロしたり、しなかったりするのがとめどない快感を生み出す。身体の真ん中を裂くようにぐっぷりと貫かれてあまりのきつさに背中をのけぞらせると、すぐに九重が無防備に晒した胸を責めてくる。硬く尖ったままの乳首をきつく吸われてしゃぶられながら突き上げられ、ほんとうにどうかなってしまいそうだ。

もどかしいというのは、こういうことなのかと初めて知った。ぎちぎちにはめられた肉棒がずるっと抜け出るタイミングに合わせて潤みきった肉襞が引きつれてしまい、苦しいまでの繋がりを欲しがる。

「もっと、……もっと、九重さん、奥まで挿れて、いい……から……」

「おまえって、想像以上に欲しがりだな。……すげえ可愛い」

笑う九重にカッと顔が火照ったが、きつく埋め込まれている状態では逃げられない。せめて言葉で抵抗しようとしても、先を制してくちびるを激しく貪《むさぼ》られ、焦れったく唾液をとろりと交わすことで負けてしまう。

「おまえの中、めちゃくちゃ熱い。なんでこんなにトロトロになってんだよ……」

身体のすべてに九重の痕がついていく。胸や鎖骨のあたりもきつく吸われて、艶《あで》やかな痕がつけられた。シャツでも隠せなくなりそうだから、と拒んでも、九重は笑って離してくれない。それどころか一層深く突き込んできて、本郷の声を嗄《か》らした。

もう、どうなってもいい。九重だけに見せる身体だ。淫らな反応をしてしまっても、九重しか知らないことだから、いっそきわどく求めてしまいたい。

「……っん……また、イく……っこのえ、さん……」

「……おまえの中に出したい。いいか？」

「いい……出して、いい、一緒にイきたい……一緒がいい……」

「言ってくれるじゃないか」

　とぎれとぎれの声に応えるように、九重が深く息を吸い込んで、ずくん、と激しく挿入してくる。突き動かされるたびに、九重のものが身体の中で熱を増し、大きくなっていく。

「あ、――ん、んんっ……！」

　感じすぎているあまり、鋭い絶頂感にずっと晒されていた本郷は、張り詰めた性器を九重の手で軽く扱かれただけで身体を大きく震わせた。二度目とは思えないほどの量の白濁が九重の手を濡らす。

　すぐに最奥でどろっと大きな熱が弾けた。

「……っ」

「あ――あ、あ……っは……ぁ……っ」

　荒い息を吐く九重が顔中にキスしながら、まだ身体を揺さぶってくる。濡れそぼった肉襞の微弱な震えを愉しむような動きがたまらなく恥ずかしいが、離れたくないのは本郷も同じだ。

　互いに抱き合い、何度もくちづけた。背中をさすり、乱れる息を整えようとして、先に笑い出したのはどっちだろう。これ以上はもうできないと思うほどに熱を出し切ったはずなのに、身体を繋げたままでは、何度でも求めてしまいたくなる。

　そう思えるようになったのは、心も繋がったせいだ。強がらず、求められるままに、愛するままに、自然な感情に従えばいい。刹那《せつな》的な繋がりではなく、互いにもっと深く、知らなかった熱を探り当てることにいつまでも夢中になれる。

「……九重さん、俺……」

満ち足りた吐息とともに、ことんと肩に頬を押しつけると、九重が髪をかき上げて耳のうしろにやさしくくちづけてくれる。軽く食《は》むようなそのキスがとても好きだったから、思わず次の言葉も忘れて微笑んだ。

「愛してる。おまえだけを愛してる。ずっとそばにいてくれ。一生、大切にする」

それは先にこっちが言うはずだったのに。そう思ったが、真摯《しんし》な囁きが嬉しくてやっぱり涙が滲む。

照れくささを隠したくて、本郷は熱い頬を擦りつけた。

「大切にしてください。俺が初めて心も身体も許した男なんだから、それぐらい当然です」

「おまえのそういうとこ、大好きだよ。俺を殴るし怒鳴るし、たいした度胸だよな」

「お互い様でしょう?」

楽しげに笑う男に本郷も声を合わせて笑い、再び熱くなり始めている身体を擦り寄せた。それから、九重の耳たぶのうしろにくちづけて囁いた。

その声で、次の熱を呼ぶために。

「俺も、愛してる。ずっと、そばにいさせてください」

求めた声には、求めた以上の力強い抱擁が返ってきた。身体の隙間《すきま》をつくらないように互いに抱き合うと、どこもかしこもぴたりと重なることがなにより嬉しい。

九重が描く桜のように永久の命を持つ自分たちではない。だから、いまという一瞬に目を奪われる強さや眩《まぶ》しさが胸に残るのだ。いずれはすべてが終わるとわかっているから、鮮やかな記憶を残したい。

愚かな者にこそ、花は美しく映るのだ。

新しい出来事、見知らぬ誰かと出会うことで種をまき、小さな花を咲かせていくことが人生を続けていくうえでの楽しさだとわかったら、あとはもう、互いの手を離さずに思いきり駆け出せばいい。

いつか誰かの愛情を疑い、失いそうな不安に心がくじける日が訪れたとしても、この日、この胸に宿る熱を思い出せば、きっと大丈夫だ。

駆け出す瞬間の胸の高鳴りを思い出せ。

そして前へ。

もっと広い世界へと。

「で？　このあとの進行表は」

「はい、こちらに。いやもう、九重先生とブラストさんの企画が大当たりで嬉しいですよ。うちとしても、さらに宣伝に力を入れていきたいと思ってます。まずはブラストさんとの合同イラスト集が先で、……あ、いやいや、その前にキャラデザインが全部出そろったところで特製冊子を出すんだったかな」

「……なあ、この仕事、いつ頃まで引っ張りそうなんだ?」

明るい未来予想図を描いてひとり嬉々としているナイトシステムの広報、瀬木に向かって、九重がため息をつく。それも仕方あるまい。十二月最終週、今年最後の打ち合わせで夕刻に九重宅にやってきた瀬木がぎっちり詰まったゲームのスケジュールを滔々《とうとう》と並べ立て、その多さには本郷でも内心、九重に同情したぐらいだ。

予定していた仕事量が二倍にも三倍にも増えると聞いたら、いくらタフな九重でもため息のひとつぐらいつきたくなるだろう。

瀬木の隣で黙って聞いていたが、九重の渋面が可笑しくて、つい吹き出してしまった。

「そこでひとり無責任に笑うな。おまえは雑誌の担当編集だろうが」

「すみません。誠心誠意、頑張らせていただきます」

目だけで合図したことは、瀬木には内緒だ。けれど、最初の頃と比べるとあきらかにふたりの間に流れる空気の質が変わったことに気づいたのだろう。興味深そうに九重と本郷の顔を見比べてくる。

「やっぱり、雑誌のお仕事でしょっちゅう顔を合わせていると、仲よしになるんですか？　いいなあ、僕ももっと九重先生のお宅に通いたいんですけど」

「いやそんな、仲よしってほどのものじゃ。お互い、怒鳴り合いはしょっちゅうですし、取っ組み合いもたまにあります」

「マジですか」

「マジですよ」

くだけた口調でにこりと笑った本郷に、瀬木は呆気《あっけ》に取られている。

「馬鹿、誤解されるようなこと言うな」

渋い顔の九重がちらりと睨んでくる。それから、ふいに相好を崩した。

「こんな感じなんだよ、まったく。俺もたいがい振り回されてるよな」

九重の言葉に、そろって笑ってしまった。

年明けには新年会でもやりましょう、と瀬木が笑顔で帰っていったあと、もう一仕事するという九重について、アトリエに入れてもらった。格闘ゲームのキャラデザインは大半が出そろったが、他にも細かな作業が山積みらしいし、ブラスト編集部とナイトシステム合同企画のイラスト集も実際に話が進んでいる。

「あー……、さすがに参るな。描いても描いても終わらねえよ」

「年末年始ぐらいはお休みしたらどうですか。出版社もゲーム会社も、この時期は休みますし。

九重さんも、ひと息入れておいたほうがいいですよ。年明け早々、地獄級のスケジュールが待ってますから。言っておきますが、待ったなしの予定です。あらためて九重さんの担当編集に就かせていただいた俺が言うんだから、間違いありません」

「おまえ、鬼か。俺の恋人だろ」

「鬼と恋人は同一人物だと思ってください」

さらりと言い返すと、むっとした顔の九重がバンダナを頭に巻き、フリースジャケットの袖をまくりながら向き直る。

しかめ面を向けられても、動じることはない。机の上にぶら下がる無数の絵も、本郷のうしろに置かれた桜の絵も、着々と筆が入っている。九重の描く気がまったく損なわれていない証拠をこの目で確かめているのだから、焦燥感に駆られることはもうない。

九重が再び桜を描き出したことで、久々に大規模な個展を開かないかという誘いもあると聞いている。それが実現するとなったら、いままで以上に精力的におのれの絵と向き合う九重が見られるはずだ。

「俺も、瀬木さんもみんな、九重さんの絵に期待してるんですよ。できる範囲のことはお手伝いしますから、頑張ってください」

「だったら、正月休みは一緒に過ごせ」

「は？」

「休んでいいって言ったのはそっちだろ。まずこの家を大掃除して、買い出しに行って、しめ飾りも買って、雑煮を食って、コタツに入ってゴロゴロして馬鹿になるほどテレビを見る。おまえもつき合え」

編集者にとって貴重な休みを全部もぎ取るつもりか、とこめかみに青筋を立てたくなるが、「ついでに」と九重がぬけぬけと言う。

「おまえが腰砕けになるほど抱いてやる。姫初めって言うんだっけか？　あれ、男同士にも通用すんのかな。年末年始、ぶっ通しでやってやる」

「知りません！　やらしいことはあとにしてください、あと！」

「あれがやらしいことだってのは、おまえも十分にわかってるんだな。結構。だったら、次に抱いてやるときはもっとやらしくしてよがり狂わせてやる。なんのかんの言っても、おねだり上手だもんな、本郷は」

「あなたってひとは、もう！」

堂々と恥ずかしいことを口にする男の頬のひとつでも引っぱたいてやりたいのに、あっという間に腕を摑まれて広い胸に抱きすくめられてしまう。

言うだけ言っても、まったく引かずにさらに強引になるのが九重という男だ。そういう男を好きになったのだ。

「……こんなふうになるつもりじゃなかったのに」

抱き合っている最中ならともかく、日常にまで恋の欠片《かけら》が挟まってくることにはまだ慣れていない。

この先、どうなるのだろう。九重は、自分はどう変わっていくのだろう。

ふとした疑問を声にしても、九重は楽しげな顔だ。

「おまえが以前書いたコメントと同じだろ。蕾の状態じゃ、どんな花なのか実際に咲くまでわからない、ってさ。でも、そこから先がどうなるのか、想像するのが楽しいじゃないか。自分が考えていたのと違う色の花が咲いたら、普段は忘れてる奇跡ってもんにちょっとばかり感謝したくなるよな。大丈夫だ。おまえも俺も、いい方向に変わっていける」

「はい」

「だから、正月休みは一緒だ」

「……わかりました。つき合います」

仕方なしにため息をついたあと、「あ」と思い出して本郷は晴れやかな顔を上げた。

「じゃあ、休み中に俺の大好きな金星の話をしてあげます。まだ、話してませんでしたもんね。明けの明星、宵の明星《みょうじょう》といわれる美しい金星は、じつは二酸化硫黄の雲から硫酸の雨が降ってくる凄まじい星なんですよ。濃厚な硫酸が太陽光を強く反射するから、金星はあれだけ綺麗に輝いているんです。地表温度は四百度以上、気圧は九十を超すんです。これって鉛が簡単に溶けて押し潰されるほどなんですよ。その次は、木星の話も」

「おまえなぁ……、俺まで星オタにする気かよ。どうせ、木星の話をした最後には、『でもじつは、ほんとうに一番好きなのは土星、いや火星なんですよ』とか言い出すんだろ」

「いいえ、違いますよ」

とびきりの笑顔を向けて彼の首に両手を回せば、呆れて笑う本郷も腰を引き寄せてきて、いい具合に顔を傾けてくれる。

「俺が一番好きなのは、九重さんです」

その言葉が、鼓動を昂ぶらせる終わりのないキスの合図だ。

あとがき

こんにちは、または初めまして。秀香穂里《しゅうかおり》と申します。今年はビールに凝っていたんですが、途中でなんだか飽きてしまい、結局、昔ながらの梅酒を楽しく飲んでおります。黒糖梅酒というのが甘くておいしくて、ついかっ飛ばしてしまうのが、目下、悩みらしい悩みです。

今回は日本画家vs.雑誌編集者という組み合わせでした。これを書き始めた頃、自分の書き方というものにちょっと悩んでいましたが、あとがきにたどり着くことができてほっとしております。最近、体力をはじめ、さまざまな力が気持ちに追いつかない自分にびびりますが、気力だけは心して鍛えていけば、人生で唯一、最後まで伸び続ける力……かもしれないと果てない妄想を抱きつつ、今回もお世話になった方々に深くお礼を申し上げます。

美しくも硬い芯の感じられる挿絵で彩ってくださった、汞《みずかね》りょう様。以前から素敵なイラストの数々を拝見しており、いつかご一緒できる機会があったら嬉しいなという願いが、こんなにも早く叶うとは思っておりませんでした。いただいたキャララフの美しさったら、もう！　九重《このえ》大人としての仕事を覚え始めで、融通の利かない本郷《ほんごう》のストイックさはもちろんのこと、九重がびっくりするぐらい男前で、パソコン前で、しばらく、「わー……」と見とれてしまいました。両極端に見えるふたりに共通する意地の強さを感じさせてくれる美麗のイラストを手がけてくださり、ほんとうにありがとうございました。仕上がりをとても楽しみにしております。

担当の光廣様。タイトルが決まらないことで直前まですったもんだになるのは毎度のことですが、今回、原稿そのものでひっくり返ってしまい、申し訳ないのと同時に、最後までチェックを入れてくださったことに深く感謝しております。今後ともなにとぞよろしくお願い申し上げます。

そして、この本を手に取ってくださった方へ。もし、可能ならば、今回は日本茶と和菓子をおともにしてくださいませ。少しでも楽しんでいただければ幸いです。今後も精進して参りますので、よかったら、出版社さん宛にご感想をお寄せくださいね。

この先でも元気でお会いできますように。

秀　香穂里

この本を読んでのご意見、ご感想を編集部までお寄せください。

《あて先》〒105－8055　東京都港区芝大門2－2－1　徳間書店　キャラ編集部気付

「桜の下の欲情」係

■初出一覧
桜の下の欲情……書き下ろし

Chara
桜の下の欲情……キャラ文庫

2009年10月31日　初刷

著者　秀　香穂里
発行者　吉田勝彦
発行所　株式会社徳間書店
〒105-8055　東京都港区芝大門2-2-1
電話048-451-5960(販売部)
03-5403-4348(編集部)
振替00140-0-44392

印刷・製本　図書印刷株式会社
カバー・口絵　近代美術株式会社
デザイン　間中幸子

ISBN978-4-19-900543-5

好評発売中

秀香穂里の本
【堕ちゆく者の記録】

イラスト◆高階 佑

『9月1日、俺は目覚めると、檻の中に囚われていた——』ある日突然、勤務先の青年社長・石田《いしだ》に監禁されてしまった、デザイナーの英司《えいじ》。「今日から君をAと呼ぶ。これは三十日間の実験なんだ」石田は1冊のノートと鉛筆を渡し、日記を書けと命じてきた!! 名前と自由を剝奪《はくだつ》され、身体も精神《こころ》も支配される——官能と狂気に晒《さら》されて、人はどこまで理性を保てるのか、衝撃の問題作!!

好評発売中

秀香穂里の本

【他人同士①】

イラスト◆新藤まゆり

最新の流行を扱う大手出版社の情報誌『エイダ』――。浅《あさ》田《だ》諒一《りょういち》は自他共に認める敏腕編集者だ。ドライな恋愛が信条のゲイだけど、家を追い出された年下のカメラマン・田《た》口《ぐち》暁《あきら》と、期間限定で同居することに!!　仕事相手とは寝ないと決めていたのに、筋肉質で長身の暁は、諒一が抱きたいタイプそのもの。ある晩、ついに手を出そうとした諒一は、逆に「俺にだって男が抱けます」と押し倒され!?

好評発売中

秀香穂里の本【他人同士②】

イラスト◆新藤まゆり

好みの男を抱くはずが、酔って逆に抱かれた屈辱の夜——。次こそ自分が抱きたいと機会を窺いながら、年下のカメラマン・暁《あきら》と同居を続けていた編集者の諒一《りょういち》。けれど暁は豹変した記憶などなかったように、かいがいしく諒一の世話を焼いてくる。この甘やかし上手な男を、もう手放したくない…。体だけと割り切りたいのに暁の存在を無視できなくなっていた矢先、昔別れた恋人と再会して!?

好評発売中

秀香穂里の本

【他人同士③】

イラスト◆新藤まゆり

元恋人との仲を嫉妬した暁《あきら》が家を出ていき、独り暮らしに戻った諒《りょう》一《いち》。仕事だけが自分を裏切らない──激しい喪失感を抱え編集作業に没頭していたが、ついに大失敗をしてしまう!! しかもある晩、家を訪れた暁に突然別れを告げられて…!? 過去の恋に傷つく臆病な男が、もう一度愛を選択する──仕事に全力を懸ける若きカメラマンと編集者、二人が見つけた不変の愛の物語、感動の完結!!

好評発売中

秀香穂里の本
【烈火の契り】
イラスト◆彩

思い出が眠る島を守りたい!! リゾート開発の視察で、離島を訪れた斎《いつき》たち不動産会社の一行。案内人は褐色の肌をした島の青年・高良《たから》——18年前、この島で夏を共にした相手だ。しかも高良は「おまえは俺のつがいなんだ」と謎の言葉を告げ、斎を無理やり抱いてきた!! 拒みながらも、高良の愛撫に囚われていく斎…。けれど突然、チームの一人が謎の死を遂げ!? 因習と伝承が息づく島のミステリアスLOVE。

キャラ文庫既刊

■英田サキ
【DEADLOCK】
【DEADHEAT DEADLOCK2】
【DEADSHOT DEADLOCK3】
【SIMPLEX DEADLOCK外伝】 CUT高階 佑

■秋月こお
【やってらんねェぜ！】全6巻
【セカンド・レボリューション やってらんねェぜ！外伝】
【アーバンナイト・クルーズ やってらんねェぜ！外伝2】
【酒と薔薇とジェラシーと やってらんねェぜ！外伝3】
【許せない男 やってらんねェぜ！外伝4】 CUTこいでみえこ
【王様な猫】
【王様な猫のしつけ方 王様な猫2】
【王様な猫の陰謀と純愛 王様な猫3】
【王様な猫と調教師 王様な猫4】
【王様な猫の戴冠 王様な猫5】 CUTかすみ涼和
【王朝春宵ロマンセ】
【王朝夏曙ロマンセ 王朝春宵ロマンセ2】
【王朝秋夜ロマンセ 王朝春宵ロマンセ3】
【王朝冬陽ロマンセ 王朝春宵ロマンセ4】
【王朝唐紅ロマンセ 王朝ロマンセ外伝】
【王朝月下繚乱ロマンセ 王朝ロマンセ外伝2】
【王朝綺羅星如ロマンセ 王朝ロマンセ外伝3】 CUT唯月 一
【要人警護】
【特命外交官 要人警護2】
【駆け引きのルール 要人警護3】
【シークレット・ダンジョン 要人警護4】
【暗殺予告 要人警護5】
【日陰の英雄たち 要人警護6】 CUT緋色れーいち
【本日のご葬儀】 CUTヤマダサクラコ
【幸村殿、艶にて候①～⑥】 CUT九號

【スサの神謡】 CUT稲荷家房之介

■洸
【機械仕掛けのくちびる】 CUT須賀邦彦
【刑事はダンスが踊れない】 CUT香雨
【花陰のライオン】 CUT宝井さき
【黒猫はキスが好き】 CUT汞りょう
【囚われの脅迫者】 CUT DUO BRAND.
【深く静かに潜れ】 CUT長門サイチ
【パーフェクトな相棒】 CUT亜樹良のりかず
【好みじゃない恋人】 CUT小山田あみ

■いおかいつき
【恋愛映画の作り方】 CUT高久尚子
【交番へ行こう】 CUT桜城やや
【死者の声はささやく】 CUT亜樹良のりかず
【美男には向かない職業】 CUT DUO BRAND.
【好きなんて言えない！】 CUT有馬かつみ

■五百香ノエル
【キリング・ビータ】
【偶像の資格 キリング・ビータ2】
【暗黒の誕生 キリング・ビータ3】
【静寂の暴走 キリング・ビータ4】 CUT麻々原絵里依
【GENE《ゲーン》 天使は裂かれる】
【望郷天使 GENE2】
【紅蓮の稲妻 GENE3】
【宿命の血戦 GENE4】
【この世の果て GENE5】
【愛の戦闘《たたかい》 GENE6】
【螺旋運命 GENE7】
【心の扉 GENE8】
【天使はうまれる GENE9】 CUT金ひかる
【白皙】 CUT須賀邦彦

■斑鳩サハラ
【僕の銀狐】
【押したおされて 僕の銀狐2】
【最強ラヴァーズ 僕の銀狐3】 CUT越智千文
【狼と子羊 僕の銀狐4】
【今夜こそ逃げてやる！】 CUTこうじま奈月

■池戸裕子
【アニマル・スイッチ】 CUT夏乃あゆみ
【TROUBLE TRAP！】 CUT峰倉かずや
【勝手にスクープ！】 CUTにゃおんたつね
【社長秘書の昼と夜】 CUT果桃なばこ
【あなたのいない夜】 CUT椎名咲月
【部屋の鍵は貸さない】 CUT鳴海ゆき
【共犯者の甘い罪】 CUT宝井さき
【エゴイストの報酬】 CUT新井サチ
【恋人は三度嘘をつく】 CUT新藤まゆり
【特別室は貸切中】 CUTともさか高子
【容疑者は誘惑する】 CUT梅沢はな
【狩人は夢を訪れる】 CUT汞りょう
【夜叉と獅子】 CUT羽根田実
【工事現場で逢いましょう】 CUT有馬かつみ
【お兄さんはカテキョ】 CUT汞りょう

■岩本 薫
【13年目のライバル】 CUT Lee

■烏城あきら
【発明家に手を出すな】 CUT長門サイチ
【スパイは秘書に落とされる】 CUT羽根田実
【檻 -おり-】 CUT今 市子

■榎田尤利
【ゆっくり走ろう】 CUTやまかみ梨由
【歯科医の憂鬱】 CUT高久尚子
【ギャルソンの躾け方】 CUT宮本佳野
【アパルトマンの王子】 CUT緋色れーいち
【理髪師の、些か変わったお気に入り】 CUT二宮悦巳

■鹿住 槇
【優しい革命】 CUT橘 皆無

キャラ文庫既刊

キャラ文庫既刊

[ニュースにならないキス] CUT水名瀬雅良
[秘書の条件] CUT史堂 櫂
[遊びじゃないんだ!] CUT鳴海ゆき
[花嫁は薔薇に散らされる] CUT由貴海里
[蜜の香り] CUT新藤まゆり
[極悪紳士と踊れ] CUT汞りょう
[ミステリ作家の献身] CUT高久尚子
[僕の好きな漫画家] CUT香坂あきほ
[弁護士は籠絡される] CUT金ひかる

■篠 稲穂
[熱視線] CUT夏乃あゆみ
[Baby Love] CUT宮城とおこ

■秀香穂里
[くちびるに銀の弾丸] CUT祭河ななを
[くるぶしに秘密の鎖 くちびるに銀の弾丸2]
[チェックインで幕はあがる] CUT高久尚子
[虜 ―とりこ―] CUT山田ユギ
[挑発の15秒] CUT宮本佳野
[誓約のうつり香] CUT海老原由里
[灼熱のハイシーズン] CUT長門サイチ
[禁忌に溺れて] CUT亜樹良のりかず
[ノンフィクションで感じたい] CUT新藤まゆり
[艶めく指先] CUTサクラサクヤ
[烈火の契り] CUT彩
[他人同士] 全3巻 CUT新藤まゆり
[堕ちゆく者の記録] CUT高階 佑
[真夏の夜の御伽噺] CUT佐々木久美子
[桜の下の欲情] CUT汞りょう

■愁堂れな
[身勝手な狩人] CUT蓮川 愛
[ヤシの木陰で抱きしめて] CUT片岡ケイコ
[十億のプライド] CUT汞りょう

[愛人契約] CUT水名瀬雅良
[紅蓮の炎に焼かれて] CUT金ひかる
[やさしく支配して] CUT香雨
[花婿をぶっとばせ] CUT高久尚子
[誘拐犯は華やかに] CUT神葉理世
[伯爵は服従を強いる] CUT羽根田実
[コードネームは花嫁] CUT汞りょう
[怪盗は闇を駆ける] CUT由貴海里
[屈辱の応酬] CUTタカツキノボル
[金曜日に僕は行かない] CUT麻生 海
[行儀のいい同居人] CUT小山田あみ
[激情] CUT羽根田実
[二時間だけの密室] CUT高久尚子
[月ノ瀬探偵の華麗なる敗北] CUT亜樹良のりかず

■菅野 彰
[毎日晴天!]
[子供は止まらない 毎日晴天!2]
[子供の言い分 毎日晴天!3]
[いそがないで。 毎日晴天!4]
[花屋の二階で 毎日晴天!5]
[子供たちの長い夜 毎日晴天!6]
[僕らがもう大人だとしても 毎日晴天!7]
[花屋の店先で 毎日晴天!8]
[君が幸いと呼ぶ時間 毎日晴天!9]
[明日晴れても 毎日晴天!10]
[夢のころ、夢の町で。 毎日晴天!11] CUT二宮悦巳
[野蛮人との恋愛]
[ひとでなしとの恋愛 野蛮人との恋愛2]
[ろくでなしとの恋愛 野蛮人との恋愛3] CUTやしきゆかり
[高校教師、なんですが。] CUT山田ユギ

■春原いずみ
[とけない魔法] CUTやまねあやの
[チェックメイトから始めよう] CUT椎名咲月

[白檀の甘い罠] CUT明森びびか
[氷点下の恋人] CUT片岡ケイコ
[恋愛小説のように] CUT香雨
[赤と黒の衝動] CUT夏乃あゆみ
[キス・ショット!] CUT麻々原絵里依
[舞台の幕が上がる前に] CUT禾田みちる
[神の右手を持つ男] CUT有馬かつみ
[銀盤を駆けぬけて] CUT須賀邦彦
[真夜中に歌うアリア] CUT沖 銀ジョウ

■染井吉乃
[嘘つきの恋]
[蜜月の条件 嘘つきの恋2]
[誘惑のおまじない 嘘つきの恋3] CUT宗真仁子

■高岡ミズミ
[この男からは取り立て禁止!] CUT桜城やや
[ワイルドでいこう] CUT紺野けい子
[愛を知らないろくでなし] CUT長門サイチ
[愛執の赤い月] CUT有馬かつみ
[夜を統べるジョーカー] CUT実相寺紫子
[お天道様の言うとおり] CUT山本小鉄子
[依頼人は証言する] CUT山田シロ

■篁釉以子
[真夏の合格ライン] CUT松本テマリ
[真冬のクライシス 真夏の合格ライン2] CUT明森びびか

■たけうちりうと
[泥棒猫によろしく] CUT史堂 櫂

■月村 奎
[そして恋がはじまる]
[いつか青空の下で そして恋がはじまる2] CUT夢花 李
[アプローチ] CUT夏乃あゆみ

■遠野春日
[眠らぬ夜のギムレット]

キャラ文庫既刊

【ブルームーンで眠らせて】眠らぬ夜のギムレット2　CUT沖麻実也
【ブリュワリーの麗人】　CUT水名瀬雅良
【高慢な野獣は花を愛す】　CUT汞りょう
【華麗なるフライト】　CUT麻々原絵里依
【砂楼の花嫁】　CUT円陣闇丸
【恋は饒舌なワインの囁き】　CUT羽根田実
【玻璃の館の英国貴族】　CUT円屋榎英

■鳩村衣杏
【共同戦線は甘くない!】　CUT桜城やや

■火崎 勇
【恋愛発展途上】　CUT蓮川 愛
【三度目のキス】　CUT高久尚子
【ムーン・ガーデン】　CUT須賀邦彦
【グッドラックはいらない!】　CUT果桃なばこ
【お手をどうぞ】　CUT松本テマリ
【カラッポの卵】　CUT明森びびか
【寡黙に愛して】　CUT北畠あけ乃
【書きかけの私小説】　CUT真生るいす
【最後の純愛】　CUT宝井さき
【ブリリアント】　CUT麻々原絵里依
【メビウスの恋人】　CUT紺野けい子
【愚か者の恋】　CUT有馬かつみ
【楽天主義者とボディガード】　CUT新藤まゆり
【荊の鎖】　CUT麻生 海
【それでもアナタの虜】　CUT司狼 亨

■菱沢九月
【小説家は懺悔する】　CUT高久尚子
【小説家は束縛する　小説家は懺悔する2】
【小説家は誓約する　小説家は懺悔する3】
【夏休みには遅すぎる】　CUT山田ユギ
【本番開始5秒前】　CUT新藤まゆり
【セックスフレンド】　CUT水名瀬雅良
【ケモノの季節】　CUT汞りょう

【年下の彼氏】　CUT穂波ゆきね

■ふゆの仁子
【太陽が満ちるとき】　CUT高久尚子
【年下の男】　CUT北畠あけの
【Gのエクスタシー】　CUTやまねあやの
【恋愛戦略の定義】　CUT雪舟 薫
【フラワー・ステップ】　CUT夏乃あゆみ
【ソムリエのくちづけ】　CUT北畠あけ乃
【プライドの欲望】　CUT須賀邦彦
【偽りのコントラスト】　CUT水名瀬雅良
【薔薇は咲くだろう】　CUT亜樹良のりかず
【ベリアルの誘惑】　CUT高階 佑
【愛、さもなくば屈辱を】　CUT汞りょう

■松岡なつき
【声にならないカデンツァ】　CUTビリー高橋
【ブラックタイで革命を】
【ドレスシャツの野蛮人　ブラックタイで革命を2】　CUT緋色れーいち
【センターコート】全3巻　CUT須賀邦彦
【旅行鞄をしまえる日】　CUT史堂 櫂
【GO WEST!】　CUTほたか乱
【NOと言えなくて】　CUT果桃なばこ
【WILD WIND】　CUT雪舟 薫
【FLESH & BLOOD①～⑬】　CUT①～⑪雪舟 薫／⑫～彩

■水原とほる
【青の疑惑】　CUT彩
【午前一時の純真】　CUT小山田あみ
【ただ、優しくしたいだけ】　CUT山田ユギ
【氷面鏡】　CUT真生るいす
【春の泥】　CUT宮本佳野
【金色の龍を抱け】　CUT高階 佑

■水無月さらら
【お気に召すまで】　CUT北畠あけの
【永遠の7days】　CUT真生るいす

【視線のジレンマ】　CUT Lee
【恋愛小説家になれない】　CUT史堂 櫂
【なんだかスリルとサスペンス】　CUT円屋榎英
【正しい紳士の落とし方】　CUT長門サイチ
【オトコにつまずくお年頃】　CUT汞りょう
【シャンプー台へどうぞ】　CUTせら
【社長椅子におかけなさい】　CUT羽根田実
【オレたち以外は入室不可!】　CUT梅沢はな
【九回目のレッスン】　CUT高久尚子
【裁かれる日まで】　CUTカズアキ
【主治医の采配】　CUT小山田あみ

■水壬楓子
【桜姫】
【ルナティック・ゲーム　桜姫2】
【ミスティック・メイズ　桜姫3】　CUT長門サイチ
【シンプリー・レッド】　CUT汞りょう
【作曲家の飼い犬】　CUT羽根田実

■夜光 花
【シャンパーニュの吐息】　CUT汞りょう
【君を殺した夜】　CUT小山田あみ
【七日間の囚人】　CUTあそう瑞穂
【天涯の佳人】　CUT DUO BRAND.
【不浄の回廊】　CUT小山田あみ
【眠る劣情】　CUT高階 佑

■吉原理恵子
【二重螺旋】
【愛情鎖縛　二重螺旋2】
【攣哀感情　二重螺旋3】
【相思喪曖　二重螺旋4】　CUT円陣闇丸
【間の楔①～④】　CUT長門サイチ

〈2009年10月27日現在〉